LAISHI DE LU

来时的路

亲历者讲述红色故事

珠江风暴

叶剑英 等◎著

史延胜 丁 伟 杨霄羽◎编

中国文史出版社

图书在版编目（CIP）数据

珠江风暴／叶剑英等著；史延胜，丁伟，杨霄羽编
. -- 北京：中国文史出版社，2024.7
（来时的路：亲历者讲述红色故事／朱冬生主编）
ISBN 978 - 7 - 5205 - 4697 - 3

Ⅰ.①珠… Ⅱ.①叶… ②史… ③丁… ④杨… Ⅲ.
①革命回忆录 – 作品集 – 中国 – 当代 Ⅳ.①I251

中国国家版本馆 CIP 数据核字（2024）第 101968 号

责任编辑：金　硕

出版发行：中国文史出版社
社　　址：北京市海淀区西八里庄路 69 号　　邮编：100142
电　　话：010 - 81136606/6602/6603/6642（发行部）
传　　真：010 - 81136655
印　　装：廊坊市海涛印刷有限公司
经　　销：全国新华书店
开　　本：700mm×1000mm　1/16
印　　张：15.5
字　　数：151 千字
版　　次：2025 年 1 月北京第 1 版
印　　次：2025 年 1 月第 1 次印刷
定　　价：69.00 元

丛书编委会

总　主　编　朱冬生

执 行 主 编　史延胜　金　硕

执行副主编　吕　鹏　任德才　左厚锋

编　　　者　庞召力　孙召鹏　丁　伟　杨顺雨

　　　　　　彭　曾　倪慧慧　冯长青　牛胜启

　　　　　　冯华安　刘英芳

选题缘起

一是贯彻落实习近平总书记提出的"要讲好党的故事、革命的故事、根据地的故事、英雄和烈士的故事,加强革命传统教育、爱国主义教育、青少年思想道德教育,把红色基因传承好,确保红色江山永不变色"重要指示精神,深入挖掘红色资源,丰富精神宝库。"采取青少年喜闻乐见、易于接受的形式",讲好"四个故事"、加强"三个教育",以高度的历史自觉培育有理想、有本领、有担当的时代新人。抚今追昔、鉴往知来,不忘初心、牢记使命,始终牢记"我们走得再远都不能忘记来时的路",让信仰之火熊熊不息。

二是引导人们树立正确的历史观。中国共产党百年非凡奋斗历程为我们留下了丰厚的精神遗产,随着时间的推移,现阶段人们尤其是年青一代对当年那一段血与火的历史已渐感陌生；网络时代媒体传播的多元化，极大丰富了人们的信息资源，但在一定程度上也干扰了人们对历史的正确认知，特别是关于党史和军史，存在不准确甚至不正确的史料传播。本丛书旨在通过收集和整理史料，让历史说话，用史实发言，为人们树立正确历史观提供翔实资料。

三是文史资料再开发的尝试。现存的权威军史资料大都时日已长，为防止宝贵的红色资源湮没在历史尘埃中，迫切需要对其进行深度挖掘、梳理整合，以"亲历、亲见、亲闻"的"三亲"史料的形式，让红色资源以新的体系、新的样态呈现在世人面前，更好地发挥教育功能。

编选原则

一是坚持正确的政治立场。牢牢坚持党性原则，牢牢坚持马克思主义新闻观，牢牢坚持正确舆论导向，牢牢坚持正面宣传为主。

二是主题鲜明。丛书反映了中国共产党团结带领中国人民，以"为有牺牲多壮志，敢教日月换新天"的大无畏气概，书写了中华民族几千年历史上最恢宏的史诗；展现了坚持真理、坚守理想，践行初心、担当使命，不怕牺牲、英勇斗争，对党忠诚、不负人民的伟大建党精神。

三是史料权威。丛书内容来源于《中国人民解放军历史资料丛书》《中国抗日战争军事史料丛书》《中国工农红军长征史料丛书》所收录的文章及老一辈革命家的回忆录等。涉及党内路线斗争的题材概不收入；涉及犯有重大错误的人员的情况只做客观描述，不做评述；理论性较强，不便于一般读者理解的文章慎重选录。

四是注重"三亲"性。所选文章紧扣"亲历、亲见、亲闻"的特点，内容感人至深、思想丰富深刻、语言通俗易懂，为加强红色资源的故事化提供生动范例，做到知识灌输与情感培养并举。

卷册专题划分

一是在纵向上按照中国革命的历史进程，讲述了土地革命战争时期、抗日战争时期、解放战争时期及新中国成立初期的党史和军史故事。

二是在横向上各个历史时期再按区域或按部队序列进行分述。如土地革命战争时期的各地武装起义，按照当年武装起义比较集中的地区，如湘赣、湘鄂西、鄂豫皖、苏浙闽沪、陕甘等分别编辑成册。抗日战争时期，按照八路军第一一五师、第一二〇师、第一二九师、新四军、华南抗日游击队、东北抗日联军等分别编辑成册。解放战争时期，按照第一、第二、第三、第四野战军和华北军区部队，以及剿匪斗争、策动国民党军起义投诚等分别编辑成册。后勤工作、军队院校等特殊领域，单独成册。

囿于文史资料的自身特点，作者个人身份立场、视野角度不同，一些人撰稿时年事已高、事隔经年，记忆恐有偏差，细节难求完全准确，有意偏重或弱化亦难避免。对此，我们力求维持原貌，体现多说并存，只对一些显而易见的讹误进行了谨慎订正。诚然如此，由于我们能力水平和主客观条件的限制，难免有疏漏之处，恳请广大读者批评指正！

编　者
2024 年 6 月

　　土地革命战争时期，党从残酷的现实中认识到，没有革命的武装就无法战胜武装的反革命，就无法夺取中国革命胜利，就无法改变中国人民和中华民族的命运，必须以武装的革命反对武装的反革命。继南昌起义、秋收起义之后，中国共产党又于 1927 年 12 月 11 日发动了广州起义。起义军同敌人进行了顽强战斗，终因敌众我寡，在起义的第三天即告失败。经过南昌起义、秋收起义、广州起义，以及在各地举行的一系列起义，党进入了创建红军的新时期。在海南地区，琼崖各族人民在中国共产党领导下，先后举行了 32 次具有一定规模和影响的武装起义，参加起义的各族群众达数十万人次，范围几乎涉及全岛各地。这些武装起义，对广东地区（含海南）创建工农红军，建立革命根据地，推动全国土地革命战争深入发展，做出了重要贡献，为坚持革命斗争23年红旗不倒奠定了基础。本书收录的文章主要围绕广东地区武装起义展开，既涉及广州起义，也涉及各地的武装暴动，集中反映了党领导武装斗争、创建革命根据地、发展革命力量的艰难历程，以及广大红军指战员坚守信仰、英勇善战的斗争精神。

目 录

1

2

大革命失败与广州起义

叶剑英

广州起义是继南昌起义、秋收起义之后，又一次英勇的人民武装起义，又一次对蒋介石反动集团的反革命叛变和白色恐怖的严重打击。它和南昌起义、秋收起义连接起来，是土地革命战争与创立红军的伟大开端。

20世纪20年代，中国社会发生了极其深刻的变化，对这个变化有着决定性影响的，就是1921年中国共产党的诞生。党从诞生时起，就不断地向全国人民宣传马克思列宁主义，提出反帝反封建的政治纲领。这些主张，在俄国十月革命之后和我国民族民主革命运动蓬勃发展的时期出现，马上得到千百万人民的热烈响应，也给从事革命三四十年而没有取得胜利的孙中山以很大的影响。孙中山和一部分进步的国民党员接受了共产党的政纲，改组了国民党，实行了联俄、联共、扶助农工的三大政策，并在共产党帮助下创办了黄埔军校，建立了有共产党参加的革命武装。在这个基础上，孙中山以及改组后的国民党，依靠广大革命群众的支援，镇压了陈炯明的叛变，消灭了形形色色的军阀，安定了两广局势，使后来的北伐革命有了巩固的基地与后方。

1926年7月，轰轰烈烈的北伐革命开始了。在共产党的影响与推动下，北伐军士气昂扬，所向无敌，以破竹之势，直驱长江流域。但是，蒋介石却把枪口转向革命，武汉的国民党也公开叛变革命，已经取得伟大胜利的北伐战争，就此遭到失败。北伐战争的失败，固然是由于国民党的叛变和帝国主义的干涉，但还处于幼年时期的中国共产党对武装斗争的重要性认识是不足的，而且缺乏正确的路线方针。特别是大革命后期，由于陈独秀右倾机会主义领导，中国共产党不敢放手发动群众，更不敢去武装群众，去积极掌握部队，而把革命的希望寄托在资产阶级身上，使工人阶级放弃了对革命的领导权，也使党没有足够的准备和充分的力量来防止国民党叛变，更没能粉碎他们叛变后对革命的进攻。

国民党叛变革命以后，无数共产党员和革命群众遭到残酷的杀害，形势发展给中国共产党人提出的紧迫任务是：必须甩开陈独秀机会主义的错误领导和一切动摇分子，坚决地领导工农群众和革命士兵，用武装的革命反对武装的反革命，把革命进行到底。1927年8月1日党所领导的南昌起义，就是在这紧要关头，为了挽救革命所采取的英勇行动。

南昌起义的方向无疑是正确的。但起义之后应该怎么办？这个问题在当时党内许多同志之间并没有获得正确的解决，很多同志仍然留恋于北伐革命战争的形式，想以此挽救革命的失败，因此南昌起义的消息传来后，从武汉退出的共产党员和一部分进步武装便跟着南昌起义的足迹纷纷南下，向珠江流域撤退，准备以广州作为根据地，重整旗鼓，待机再起。原中央军事政治学校武汉分校改编的第四军教导团，7月底由武汉出发随张发奎南下，这时候张发奎还披着"左"派的外衣，表示愿意回广东后继续革命，但实际上早已蓄谋叛变。行至九江，张发奎害怕学员们高涨的革命热情，就把教导团缴了械。当时学员们思想十分混乱，唯恐张发奎也仿效蒋介石来个"清党"，大部分人准备逃亡；经过一番教育工作，并指出革命的光明前途，学员们的情绪才安定下来，于是重新集合起2000多人继续南下。到达万安，有些人提出就在万安举行起义，把二十六师后勤部队所押运的枪械收缴后与南昌起义军会合。当时团党委认为应该先巩固这支武装，待进到广州后再举行起义，因为南昌起义军已经南下，同时考虑到广州是北伐军根据地，人民素有革命传统，在那里举行起义有比较坚实的群众基础，而且给敌人的打击也会远远超过万安。因此，团党委决定让教导团继续随张发奎向广州进发。

第四军到达广州之后，于11月间赶跑了桂系军阀。当时，经过大革命锻炼觉悟了的广州工人、农民和一部分爱国青年知识分子，并没有被白色恐怖吓倒，他们团结得更加紧密了，在共产党领导下继续举行公开与半公开的罢工、集会和游行示威，组织了各种秘密的武装团体，采取了种种方式与反动政府和反动工会进行英勇斗争。我们回到广州后，更加鼓舞了他们的斗争情绪，革命的气焰更加高涨，被国民党破坏的革命工会组织又恢复起来了，游行示威的声势越来越大，郊区的农民运动有新的发展，广东各地的农民也展开了各种革命斗争。

就在这时，张发奎终于脱下了"左"派的外衣，并与汪精卫勾结在一起，在广州市内大肆镇压工农运动，捕杀共产党员，全市为反革命的白色恐怖所统治。事实清楚地告诉了共产党人：只有拿起武器，领导工农群众起来粉碎反革命的猖狂进攻，否则革命力量必将继续受到残酷摧残。11月28日，广东省委根据党中央指示，做出了在广州发动工农兵武装起义的决定。当时张发奎为巩固自己的地盘，不得不先集中力量对付桂系军阀，便把缴了枪的教导团重新武装起来防守广州，这样广州只有教导团及新编成的一个警卫团和一部分警察武装，敌人内部非常空虚。广东省委看到这一形势，认为这是举行武装起义的有利时机，立即成立了行动委员会，加紧起义的准备工作，把各个工人组织统一起来组成工人赤卫队，并秘密地发给武器，把他们武装起来，又通过党的关系把大批党的干部、省港罢工工人秘密地派进警卫团，使警卫团基本上掌握在我们党的手里。

12月7日，行动委员会秘密举行工农兵代表大会，选出执行委员会，决定13日起义。广州工人阶级高涨的革命气焰，引起了帝国主义与国民党的注意与警惕，他们得到了我们要在广州起义的消息，张发奎把远离广州的部队往回调，并准备解散教导团，同时宣布特别戒严令。在此情况下，行动委员会把起义时间提前到11日。11日早晨3点左右，被反动派称为"赤子赤孙"的教导团学员枪毙了张发奎派来的特务参谋长和一些反动军官后，立即投入了市内的战斗。与此同时，潜伏在市内各地的工人赤卫队犹如万箭齐发，攻向各个指定的目标；警卫团也在共产党员领导下，解除了一部分反动武装后宣布起义。仅一个多小时，教导团第一营和工人赤卫队第一联队即粉碎了敌人在铁甲车掩护下的负隅顽抗，攻占了最坚固的反动堡垒公安局。其他各路起义队伍，也先后占领了电报局、邮政局、各区警察署，以及国民党的其他党政机关。当天上午，广州第一个工农民主政府——广州苏维埃政府便在原公安局所在地成立了。工农民主政府成立后，立刻颁布了革命政纲，把缴获的武器发给了参加起义的群众；青年学生和妇女组织了宣传队，有的担任运输、侦察、救护工作。红旗几乎插遍全市，大街小巷挂满了红布横额，墙上写满了工农革命的标语。几个小时前还被反革命阴云所笼罩的广州，现在又变成生气蓬勃的、革命的广州了。起义第一天发展非常顺利，到傍晚时观音山、广九车站、电灯厂、中央银行以及其他重要据点，都被起义部队占领；黄沙河对岸的石围塘数百农民联合铁路工人，占领了广三车站；市郊的农民纷纷起来响应，占领了乡村。

12 日，英、美、日、法等帝国主义出动炮舰，沿江向我起义部队挑衅，并不断开炮向我市区轰击，派海军陆战队在沙面长堤一带登陆。在帝国主义军舰的掩护下，市内反革命部队向我起义部队展开了猛烈反扑，广州郊外的敌人也准备前来增援。起义总指挥部讨论了当前局势，提出：应该迅速停止枪声，建立市内的革命秩序，对一切尚未攻下的残余据点，应包围监视，在政治上瓦解他们，争取他们；应该以教导团为基础，迅速扩建军队，把工人赤卫队和教导团合编成立三个师；将战线推向郊外，发动农民，组织农民队伍，以便迎击前来增援的敌人。大家认为这些措施是正确的，可惜时间已不容许我们这样做，敌人已从三面包围上来了。处在三面包围中的起义部队，虽在各个战线上展开了顽强的还击，但在敌强我弱的形势下，已无法挽回失败的局面。为了保存革命力量，经三昼夜英勇奋战的起义部队，不得不撤出了广州。

广州起义虽然失败了，但广州起义是大革命失败后，党为了挽救革命而奋起领导人民，向反革命势力进行的一次有力的反击，广州工人阶级及其他革命群众在起义中充分表现了伟大的革命气魄和斗争决心。广州起义虽然失败了，但并没有完全失败，从广州撤出的一部分起义武装后来又分别与东江、左右江一带的农民起义武装会合，把革命种子传播到广大农村，继续进行着革命斗争。

琼崖红军的创建[*]

马白山

1921 年 7 月，中国共产党成立后，琼崖人民反帝反封建的斗争进入了新的历史阶段。1924 年实现了第一次国共合作，广东成为全国革命的中心和根据地。1926 年 1 月，国民革命军南征部队渡琼，结束了南路军阀邓本殷在琼崖的反动统治，为我党在琼崖公开开展和领导革命运动创造了条件。6 月，中共琼崖第一次代表大会在海口市竹林村召开，选举产生了中共琼崖地方委员会，从此琼崖人民在中国共产党的领导下进行新的斗争。

中共琼崖地方委员会利用国共合作的有利条件，领导琼崖人民进行了轰轰烈烈的革命群众运动。到 1926 年底，全琼 13 个县均有农会组织，各地农会普遍建立起农民自卫军，举办农民训练所，培训农运干部和农民自卫军骨干，全琼共

---

* 本文原标题为《琼崖红军的创建及其英勇斗争》，收录时做了适当修改。

办各级农训所 14 所，训练近 1000 名学员，这些为琼崖工农红军的建立准备了条件。然而，正当革命群众运动轰轰烈烈向前发展的时候，1927 年 4 月 12 日，蒋介石在上海发动了反革命政变；4 月 22 日，琼崖国民党反动当局也在海口下了捕杀令，大肆屠杀共产党人和革命群众。在事变发生前的几小时，中共琼崖地委书记王文明接到广东区委关于"撤离城市"的紧急指示，及时通知党的干部转移，撤到农村坚持斗争，他带着几名地委成员把地委机关转移到乐会县第四区，使地委主要干部得以保存下来，为琼崖武装斗争保存了领导核心。

王文明等撤到乐会四区后，和其他地委领导成员一起总结经验教训，开始认识到党抓武装的重要性，于 5 月 12 日把乐会、万宁的农民训练所学员和部分农民自卫军进行统一编队，成立了 1 个大队，下辖 2 个中队。6 月，中共广东省委派杨善集回琼加强琼崖党组织的领导，杨善集和王文明在乐会四区宝墩村召开地委紧急会议，传达广东省委关于开展武装斗争的重要指示，做出了恢复和建立党的基层组织、收集枪支武装农民、开展武装斗争的决定，并将中共琼崖地委改称中共琼崖特委，成立了军事委员会。这次会议后，文昌、琼东、乐会、万宁、陵水先后成立了中共县委，并建立了革命武装，称人民革命军、讨逆军、自卫军等。9 月，特委将各县革命武装统一改编为"琼崖讨逆革命军"，并成立了讨逆革命军司令部，冯平任总司令、陈永芹任副总司令、杨善集任党代表，每县为一路军，共编有 11 路军，约 700 人。琼崖讨逆革命军的成立，标志着琼崖党直接领导的革命武装的诞生。

讨逆革命军成立后，各地相继举行武装暴动。9 月上旬，杨善集在乐会四区主持召开军事会议，决定举行全琼武装总暴动（亦称"九月暴动"），以响应党中央关于举行秋收起义的号召。为了加强对暴动的领导，各县均成立了暴动委员会。全琼武装总暴动于 9 月 23 日首先在琼东嘉积外围的椰子寨打响，王文明率领琼山、定安讨逆革命军 2 个连，在夜幕掩护下冒雨偷渡万泉河，直向椰子寨挺进。与此同时，杨善集、陈永芹率领的乐会、万宁讨逆革命军 2 个连及几百群众从特委驻地出发，趁夜冒雨向椰子寨进军，但由于夜间走路，未能按预定时间到达椰子寨。王文明当机立断，仍按预定时间向椰子寨敌军进攻，歼敌一部，敌大部溃逃，我军一举占领了椰子寨。当天上午 8 点，杨善集率部赶到，两军会师，随即决定由王文明带原部队返回丹村，迷惑嘉积镇之敌，伺机行动；杨善集带领的部队及随军群众留在该城开展宣传活动。不久，敌军疯狂反扑，我军被迫撤退，杨善集、陈永芹在战斗中不幸英勇牺牲。

西路各县的武装总暴动在冯平的统一指挥下搞得热火朝天。10 月中旬，儋县、临高讨逆革命军统一行动，攻占了儋县县城新州镇，成立了县临时革命政府，维持县政 15 天后，由于敌黄镇球部的反扑，主动撤回农村。

中路的琼山、文昌、琼东的武装暴动也搞得轰轰烈烈。9月，琼山县委指挥讨逆革命军在群众的配合下攻打道统、岭后反动民团炮楼。10月，讨逆革命军于大致坡附近的根竹村伏击黄镇球部运粮汽车，打死敌连长以下10余人。文昌县讨逆革命军在特委委员兼县委书记许侠夫领导下，趁夜攻击文教城，国民党文昌县县长邢森洲率县兵连救援被我军击溃。琼东县委派十多名讨逆革命军潜入县城，联系我在敌内部的地下党员，在县城举行暴动，打死县"清党"委员王祚琨，反动县长罗让贤等逃往嘉积。

9月，军事会议后的全琼武装暴动鼓舞了人民、打击了敌人，琼崖党组织也从这些暴动中认识到建立革命根据地、建立人民政权的必要性和重要性。11月上旬，琼崖特委在乐会四区白水泉村召开第一次扩大会议，省委派杨殷到会指导并传达上级指示，决定在琼崖进一步扩大武装暴动，开展土地革命，建立苏维埃政权，建立革命根据地；在军事行动上，集中一部分武装力量到东路，先夺取陵水、万宁、崖县；在西路集中一部分武装帮助农军夺取儋县、临高，然后会师，形成全琼暴动夺取全琼崖。会议还决定将"讨逆革命军"改编为"工农革命军"，取消各路军称号，分设东、中、西三路总指挥部。

11月中旬，东路讨逆革命军率先进行整编，正式成立东路工农革命军总指挥部，编成3个营另1个连，徐成章任总指挥兼党代表和参谋长。根据暴动计划，陵水县委决定于

11 月 25 日再次进攻县城。21 日，徐成章率东路工农革命军
3 个连 300 余人，从万宁县第四区驰往陵水支援。25 日拂
晓，陵水县农军 1000 多人攻占陵水县城。12 月中旬，陵水
县召开工农兵代表大会，宣布成立陵水县苏维埃政府。东路
军在稳定陵水局势后，继续向新村港进军，占领了新村港；
继而挥戈南征，占领了崖县的藤桥圩。1928 年 1 月中旬，徐
成章乘敌正规军对琼南鞭长莫及的有利时机，在黎族人民武
装配合下，向琼南重镇三亚进攻。敌崖县县长王鸣亚在三亚
筑起坚固防御工事，徐成章采取调虎离山之计，先让黎民猎
枪队向敌人阵地开枪攻击，然后佯逃，引敌主力离开工事追
赶，徐成章则率部乘机进攻三亚港，仅一天时间就占领了三
亚。正在徐成章乘胜追击王鸣亚残部时，特委连续三封急信
命令回师陵水，配合驻万宁的工农革命军进攻万城。因联络
失误，万城没有攻下，特委又决定进攻乐迈边境的分界圩敌
据点，2 月 9 日，徐成章在战斗中中弹负伤，当天我军撤回
万宁县第四区军寮村，因无医缺药徐成章不幸牺牲。

东路军在两个月内横扫 200 余公里，所到之处相继成立
区、乡革命政权，使乐（会）万（宁）陵（水）崖（县）
红色区域基本连成一片。中路的琼（山）文（昌）定（安）
和西路的澄（迈）临（高）儋（县）边界农村的红色区域
得以巩固与发展。到 1928 年 1 月，以乐会四区为中心的琼
崖革命根据地初具规模，红军队伍发展到 1400 人，赤卫队 1
万余人。

琼崖红军在斗争中不断发展壮大，引起了国民党反动派的惶恐不安。1928 年 3 月中旬，广东国民党当局派其第十一军十师师长蔡廷锴率所部及谭启秀独立团共 4000 余人入琼，进行第一次大规模的反革命"围剿"，首先向我琼文苏区发起进攻，继而向西进犯。我中、西路红军经过激烈战斗损失严重，大部分由西路副总指挥刘青云带领向定安的岭口转移；60 余人由冯平、符节带领继续在西昌、坡尾根据地坚持斗争，5 月上旬因叛徒出卖，冯平、符节相继被捕牺牲。

　　为了扭转局面，王文明于 6 月 5 日召开琼崖党的第三次代表大会，对反"围剿"斗争的组织、宣传和政权问题做出了具体的决定。这时，敌军正集中全力向我东路苏区发起进攻，我军本应避实就虚挺出外线机动灵活消灭敌人，可是特委主要领导人不顾敌我力量悬殊的情况，集中红军主力在东路的乐万与敌决战，并盲目地发动秋季攻势，反攻陵水县城，结果使红军遭到严重的损失，全琼红军骨干仅剩 130 多人。在极端困难的条件下，王文明、梁秉枢、罗文淹等率部分红军和琼苏机关共 600 余人进入母瑞山继续坚持斗争。后来特委机关在海口遭到破坏，特委主要领导被捕牺牲，使琼崖党组织和红军一时陷入失去统一领导的状态。

　　当时在澄迈县任县委书记的冯白驹获悉特委机关被破坏，立即召开县委紧急会议，决定以县委名义向各县通报并亲自到母瑞山找王文明汇报上述情况，提议召开各县联席会议，以便重建特委领导机构和讨论今后斗争方针。冯白驹的建议得到了王文明和各县委的赞同及支持，8 月中旬各县代表联席会议在定安县内洞山召开，总结了特委迁进海口并被破坏的教训，确定了以农村为党的工作重点、恢复和发展党的各级组织、发展壮大工农红军和赤卫队、广泛开展游击战争、积极打击敌人的方针。会议选举产生了以王文明、冯白驹等 9 人组成的中共琼崖临时特委，因王文明有病，由冯白驹主持特委工作。在琼崖党和红军处在危急关头召开的内洞山会议，重建了特委领导核心，对琼崖革命斗争来说，这是一次带有转折意义的重要会议。

此时，王文明、梁秉枢在母瑞山开辟的新的根据地已初具规模，红军整编为独立团，梁秉枢任团长，王文宇任副团长，到 1930 年春红军独立团发展到 2 个营 500 人左右。为了培养红军基层干部，还创办了红军军事政治干部学校。

1930 年 1 月 17 日，王文明在母瑞山病逝，特委书记由冯白驹接任。2 月，冯白驹到上海向党中央汇报琼崖革命斗争情况，受到周恩来的亲切接见。周恩来充分肯定琼崖党在领导琼崖革命过程中，抓住红军、抓住农村革命根据地、抓住苏维埃政权这三件大事，并指出今后只要继续紧紧依靠群众，高举武装斗争旗帜，一定能够取得胜利。4 月 15 日，冯白驹在母瑞山主持召开琼崖党的第四次代表大会，传达了党中央、周恩来的重要指示，总结了内洞山会议以来的工作和经验，做出了发动"红五月"军事攻势；建立健全党的基层组织；恢复苏维埃政权，进行土地革命，发展农村革命根据地；发展壮大红军力量，建立红军独立师等项决议。

琼崖党的"四大"后，红军在人民群众和地方武装的配合下，掀起了声势浩大的"红五月"攻势，首战定安县城得手后，乘胜前进连续作战，在全岛各地掀起了一次围攻"团猪"（反动民团）的斗争，取得了重大胜利。在"红五月"攻势的影响下，国民党军整班、整排甚至整连起义投奔红军，红军力量迅速发展壮大，到1930年8月，红军发展到14个连，共1300余人。

1930年8月，琼崖红军独立师在母瑞山宣告成立，不久经中华苏维埃第一次全国代表大会筹备委员会命名为中国工农红军第一独立师（后正式命名为第二独立师），梁秉枢任师长、杨学哲任政治委员。独立师刚成立时辖第一团、第二团和独立营，后来陵水红军第五连和起义的国民党军海军陆战队第五连合编为一个营，同独立营合编为第三团。随着武装斗争和土地革命的深入发展，人民群众掀起参军的热潮，很多妇女也踊跃报名参加红军，琼崖特委决定成立女子军特务连，这就是后来为世人称誉的"红色娘子军"。1932年春，扩建女子军特务连第二连。

正当琼崖土地革命进入第二次高潮的时候，王明"左"倾错误路线贯彻到琼崖，使党政军组织建设受到很大削弱。就在这个时候，7月底，敌陈济棠派陈汉光带领一个警备旅和一个空军分队共3000多人到琼崖进行第二次反革命"围剿"，红军损失惨重，最后集结坚守母瑞山，师政委冯国卿殉难，师长王文宇被捕就义，红军师解体。从此，琼崖革命斗争进入极端艰难困苦的时期。

在这个时期，冯白驹和琼崖苏维埃主席符明经率领一些机关干部和 100 多名红军战士，继续在敌军重重包围的母瑞山上坚持斗争。敌人不断搜山，加上饥饿、疾病减员，后来冯白驹身边只剩下 26 人。他们以野菜为食，以树皮为衣，以树叶为被，过着难以想象的艰苦生活，但他们以坚强的共产主义理想和必胜的信念，不屈不挠地同国民党反动派斗争，同饥饿、疾病搏斗，坚持了八个多月艰苦卓绝的斗争。

1933 年 4 月，冯白驹等幸存人员冲破敌人重重封锁，回到琼山革命老区。此后，经过几年的艰苦斗争，终于恢复和发展了党的基层组织，重建了红军游击队司令部，开创了革命新局面，又高举抗日救国的旗帜，走上新的战斗征程。

奔向陆海丰[*]

徐向前

红军初创，有许许多多的部队，是赤手空拳搞起来的。

南昌起义失败后，广东省委就积极准备在广州举行武装起义。起义前党派我到工人赤卫队第六联队去，对工人进行一些秘密的军事训练。说是军事训练，其实一没枪，二没手榴弹，每天晚上只是把赤卫队员集合在工人家里，围着一张破桌子，用铅笔在纸上画着怎么利用地形，怎么打手榴弹，怎么冲锋……这些工人有许多是参加过省港罢工的，有的是党员，有的是赞助革命的左派，革命热情很高，学习很认真。可惜我是外乡人，广东话说不来，有些话翻来覆去讲半天，同志们还是听不懂。幸好联队的党代表是本地人，是一个精干的工人，会说普通话，由他当翻译。

这样的训练，直到起义前几小时仍没有停止。眼看行动

　＊ 本文选自广东革命历史博物馆编《广州起义资料》（下），人民出版社 1985 年版。

时间越来越近，但还没有领到武器，大家都非常焦急。

这时，一个曾经参加过省港罢工的老工人，轻轻地敲着桌子，打破沉寂说："弟兄们！闹革命不是吃现成饭。领不来武器，我们可以夺取敌人的枪！"他的话里充满着英雄气概。

"对，这位同志说得对！"党代表挥着拳头说，"我们工人阶级，从来就靠这两只手。没有枪，拿菜刀、铁尺、棍子！"

"我们要夺取敌人的武器来武装自己！"工人同志们都摩拳擦掌地说。

大家正在研究巷战的战斗动作时，走进来一位年轻的、提着一只菜篮子的女同志。她包着头，只露两只眼，一声不响把篮子放到桌上。党代表猛地站起，高兴地说："武器来了！"这时那个女同志把盖在篮子上的菜掀掉，露出两支手枪、几个手榴弹。大家早有了思想准备，没嫌少。只有一个同志问了一句："还能多给点吗？"

"没有了。"那位女同志说，"起义以后要多少有多少。"说完就走了。

"有两支枪就不少。"党代表充满信心地说。接着把手榴弹分给几个有经验的工人。大家一面学着使用，一面等着起义的信号。

那天晚上，广州城里格外沉寂，大街小巷显得十分肃静、紧张，时间过得特别慢。党代表总是看他那只老怀表，生怕它不走了，不时放在耳朵上听听、摇摇。这时候各区的工人赤卫队也都集合起来了。正像被闸住的许多股洪水，只要闸门一开，就会奔流出来。

大约是夜里两三点钟，市区里响起了一阵枪声。起义的主力部队——教导团行动了。按照预先的战斗部署，第六联队冲出了巷口。马路上的警察还没有弄明白怎么回事，枪就被缴了。第六联队得了几支长枪，立刻武装起来，控制了大街小巷，和总指挥部取得了联系。

早晨，太阳从东方升起来，照着新的、沸腾的广州城。广州工农民主政府宣布成立了。马路上红旗飘扬，标语、传单贴得到处都是。脖子上扎红领带的起义军，高唱着《国际歌》《少年先锋队队歌》，在大街小巷奔走。起义队伍里，有些是刚从监狱里救出来的同志，他们披着长头发，拿着武器，又开始了战斗。

第六联队的一部分奉命开到总司令部（公安局旧址）附近，重新编好了队伍，领到了很多缴获的武器、弹药，部队全部武装起来了。这时它已变成一支颇有战斗力的部队了。

1927 年 12 月 12 日一早，枪声在市区稀稀落落地响着，大部分据点早已被我们占领，只有一些残余据点里的敌人仍在进行着顽强的抵抗。

观音山始终是战斗的主要地区。国民党的第三师薛岳部已从江门增援到广州，在帝国主义的炮舰掩护下，多次攻夺观音山。教导团的一部分坚守阵地，英勇还击。这天，第六联队的任务是一部分配合教导团的第二连作战，一部分搬运弹药。工人赤卫队的同志们十分英勇，搬运弹药通过封锁线的时候，前头的人倒了，后面的人又搬起了弹药往前跑；第二个人倒了，跟着来的人又冲了上去。联队的党代表，在观音山反击敌人的一次冲锋中负了重伤。他紧紧握住我的手说："同志，你们继续战斗吧！希望你们坚决地打退敌人的反攻，守住联队的阵地。"说完就闭上了眼睛！这位工人阶级的英勇战士，为革命事业献出了自己宝贵的生命。

我记不起这位战友的真实姓名了，只记得他的代号是"老陈"。但是，他那种英雄的气概、革命的乐观主义精神和坚强的意志，却令人永志不忘！

战斗越来越紧张了。敌人四面迫近，起义军完全处于防守状态了，有些阵地不得不退出。联队的伤亡越来越大，人数越来越少。

深夜，观音山下响了一阵枪声，接着就渐渐地平息了。通往指挥部的道路被敌人截断了，第六联队和指挥部失掉了联络。这时，幸遇教导团的一位姓朱的同志由此路过，他一见到我们就跑上来说："你们还在这里干什么？指挥部早已下命令撤退了，快！到黄花岗集合！"

我们和另外一些没来得及撤走的人，趁天还没亮，赶到黄花岗。到那里一看，主力部队已向花县转移了。

这时，反革命的部队已经控制了交通要道。我们不能停留，连忙向主力部队追赶，直到下午6点钟，才在太和圩赶上了教导团的同志们。

部队向广州以北的花县方向撤退。地主的民团在通向花县的道路上设下埋伏，企图消灭我们。我们冲破敌人的包围，到傍晚才退到花县县城。这里的反动派早已闻风逃之一空。

听从广州逃出来的人说，反革命正在那里大肆屠杀。广州市的街上布满了革命者的遗体。敌人就像得了"恐红病"，只要从哪家翻出了一条红布、一块红绸子，或者见到一个说北方话的人，不问青红皂白，抓来就杀掉；甚至连穿红衣服的新娘子，也被推到火里烧死了。但是，敌人的屠杀是吓不倒共产党员和革命人民的。活着的同志，决心继续战斗，不取得胜利誓不休止。

广州起义是大革命失败后，党领导的一次英勇的革命行动。由于当时没有正确的战略指导，加之敌我力量相差太大，起义最终失败。但是，在战斗中受到考验和锻炼的一部分革命武装保存下来了，1200多人撤到了花县。

16日，在花县一个学校里，举行了党的会议，讨论部队的改编和今后的行动问题。撤出的部队如改编为一个军，人数太少；编为一个团，又多了些。经过讨论，决定编成一个师。可是，编为第几师呢？大家都知道，南昌起义失败后，朱德同志在北江成立了红一师，海陆丰有个红二师。

"我们叫红三师吧！"有的同志提议说。

"红三师也有了。"有的说，"琼崖的游击队已编为红三师了。"

算来算去，红四师的番号还没有。于是，决定改编为中国工农红军第四师。全师下面编为第十、十一、十二团，推选叶镛同志为师长。

第二个紧迫的问题是：花县离广州太近，又紧临铁路，不能停留太久，必须马上行动。到哪儿去呢？讨论了半天，决定去北江，找朱德同志率领的红一师会合。但他们在哪里，没人知道。我们一面整顿队伍，一面派人去打听。

这时，花县的地主武装，在城外日夜围攻。我军的供给十分困难。派出打听消息的人，一天、两天，杳无音信。等到第三天，再不能等了，我们估计，广州的敌人会很快追上来，那时再走就被动了。于是，便决定到海陆丰找彭湃同志去，那里面临大海，背靠大山，而且早已成立了工农民主政府，地形和群众条件都很好。

晚上，打退了围城的民团，部队开始出发了。一路经过从化、良口、龙门、杭子坦，绕道蓝口渡过了东江，并攻占了紫金县等地，打退了民团的数次袭扰。以后，在龙窝会见了海丰的赤卫队，阴历正月初一，到达了海丰县城。彭湃同志在这个地区领导过三次农民起义，前两次都失败了。1927年10月发动第三次起义，11月占领了海丰城，正式成立了工农民主政权，进行了土地革命。群众热情很高，到处红旗招展。各村庄的墙壁上，写着"打倒土豪劣绅，实行土地革命"的红字标语。群众听说我们是从广州下来的红四师，热情万分，家家让房子，烧水做饭。虽然语言不通，但人们打着手势表示对红军的热爱。

在海丰城里的红场上，举行了几万人的群众大会，欢迎红四师。彭湃同志在会上讲了话。他只有 20 多岁，身材不高，脸长而白，完全像一个文弱书生。他身穿普通的农民衣服，脚着一双草鞋。海陆丰的农民都称他为"彭菩萨"。他的声音洪亮清晰，充满了革命的热情和必胜的信心。当他讲到广州起义失败时，把手一挥说："这算不了什么，我们共产党人，从来不畏困难，失败了再干，跌倒了爬起来，革命总有一天会成功的。"他那逻辑性很强、说服力很大、浅显易懂的讲话，句句打动听者的心坎，使人增加无限的勇气和信心。

不久，红四师和董朗同志率领的红二师会面了。两支年轻的部队，在彭湃同志的领导下，打了许多胜仗。红四师先后攻下陆丰城、甲子港，拔除了隔绝陆丰、普宁两县联系的地主武装的最大据点——果陇，使陆丰与普宁连成一片。此外，还打通了向东与潮阳游击队的联系。

国民党军阀是不会让海陆丰的人民政权存在下去的，他们不久就开始了对海陆丰红色区域的"围剿"。我军为了保存最后的一部分武装，只好又从三坑撤退到海丰的大安洞、热水洞一带的山区里，配合当地的游击队打游击。

人民永远和红军一条心。山下的青年、老人和妇女时常冒着生命的危险，往山上送粮食。有时粮食接济不上，战士们下河抓小鱼，到山坡上找野菜充饥。冬天，没有住的地方，就自己割草盖房子；没有被子盖，便盖着稻草过夜。敌人每到山上"围剿"，一定把草房放火烧掉，可是等他们走后，我们又盖起来。东山烧了西山盖，西山烧了南山盖。正像唐代的诗人白居易的诗句所写的"野火烧不尽，春风吹又生"。年轻的红军，在极端困难的情况下，继续顽强地斗争着。

琼崖武装斗争[*]

冯白驹

我是 1926 年初参加革命斗争的，和全岛人民同呼吸共命运，直到 1950 年 5 月，配合主力部队渡海作战，解放海南。

1925 年，我到上海进入大夏大学预科，受了革命影响，又因家庭经济困难，就退学回家了。1926 年初，到海口找在高小念书时的同学李爱春同志（他当时是共产党员，国共合作时任国民党琼山县党部书记长），介绍我到海口郊区农民协会办事处当主任，工作到 1927 年四一二国民党反革命政变。在这一年多时间的郊区农运工作中，我经常深入农民群众中去，进行宣传和组织农会工作，把郊区各乡的农民协会统统组织起来，成立了各乡的农民协会，同时发动和领导农民进行减租、减息、反霸等斗争，不仅受到很大的教育，

---

* 本文原标题为《土地革命战争时期琼崖的武装斗争》，收录时做了适当修改。

且向农民群众学到了一些宝贵的东西，增强了阶级感情，锻炼了自己，并于1926年11月光荣地加入了中国共产党。这是我的新生，是永远不能忘记的光荣的一件大事。

1927年4月22日，我从乡下回到海口，吃过中午饭后，就到客厅翻看报纸，看到4月15日国民党军警在广州抓共产党员，心中有点奇怪，就走出办事处向外边了解情况。刚走出办事处几十步，回头一看，军警已把办事处包围了。我急忙加快步伐跑到郊区某乡农民协会去了，在农民家住了几天，打听到一些消息，都是关于在海口的国民党军警天天抓共产党员和革命学生的。于是，我就和农民同志商量，带了三四个农民同志，化装成祭坟的（当时正是清明时节），回到我的老家。第二天，就有同志告诉我，王文明同志（他当时是海南地委书记，公开职务是国民党第十二师的党代表）也从海口逃出，住在距我家几里的本里湖村，他是要回到他老家乐会县去的。彼此相见之下，喜出望外，他对我说："斗争是要继续下去的，革命是一定会取得胜利的。只要我们坚定信心，依靠人民群众，做好工作，领导群众进行斗争，我们就能够取得胜利。"同时，他提出组织琼山县委，指定由陈秋辅、冯裕江和我三人组成县委，并指定我为县委书记。

我先后和同志们讨论，成立了甲子、树德等地方区委组织；又找陈秋辅、冯裕江同志，传达王文明同志的意见，成立县委。我们研究和进行的工作主要是加快发展党员，建立基层党支部和各区委组织，形成发动和领导群众进行革命斗争的核心；组织短枪队即驳壳枪队 20 多人，打击反革命分子、国民党官吏、恶霸地主等民愤极大的坏人，以便推动革命斗争；调查和掌握乡村中人民所有的枪支，编组武装队伍，开始组建一个中队的武装，人数有 100 人左右。不久，该中队奉命调到特委驻地乐会，我们随即又组建了一个大队的武装，200 多人；同时，开办各种短期训练班，培养从事各种工作的干部，等等。经过多方面工作的进行，有力推动和大规模发动、组织群众配合武装力量向国民党乡公所展开猛烈攻势，革命风暴迅速席卷全县，农会、妇会、少年先锋队、童子团等群众组织都先后建立起来，清算土豪劣绅、恶霸地主等反剥削反压迫的斗争风起云涌，抓土豪劣绅、恶霸地主游乡游街，推倒菩萨像、破除迷信等革命行动把农村闹得天翻地覆，作为公开政权的县、区、乡革命委员会也相继建立。全县共有 17 个区，除靠近海口的五六个区没有建立区委外，其他各区都建立了区委，基层支部也有很大的发展。

到 1927 年下半年，我们琼山县的武装组织已发展到几百人，有两个大队。当时，海南的武装组织名称开始称讨逆革命军，不久改为工农革命军，全琼崖设讨逆革命军总指挥部，冯平是讨逆革命军总司令，党代表是杨善集，每县编为一路军，我们琼山县编为第七路军，我是该路军的党代表。当时全琼武装力量，有七八千人左右。

1928年夏，国民党军蔡廷锴部来琼，海南革命斗争处于紧要的关头。省委派黄学增同志来任特委书记，领导海南人民进行了不屈不挠的斗争。但到1928年底，全面斗争已走向低潮，武装力量仅存100多人。因此，王文明同志和一批干部带领100多人的武装力量，向母瑞山根据地撤退。黄学增同志和特委一些常委同志及青年团特委一些同志，在1929年初迁到琼山，在琼山县委帮助下迁进海口府城，我调往澄迈任县委书记。我到新的工作岗位后，配合原在澄迈县的一些干部，在万分困难的条件下逐步地把澄迈工作恢复起来。大约在1929年夏或秋初的时候，特委在海府的机关因有叛徒而暴露，干部统统被捕。当时黄学增同志因到香港汇报和请示工作，一时没被抓去，但当他回到海口时被捕壮烈牺牲。我们澄迈县委得悉后，悲痛万分。经研究以县委名义向各县委通报这事，并提议召开各县委联席会议，以产生新的特委，来统一领导海南人民的革命斗争。9月底，在定安县内洞山地区召开各县联席会议，由王文明同志提议，由我主持特委日常工作。

1930年初，接到省委通知，要我到省里参加中共广东省党的第一次代表大会。那时正值农历年关，我趁着人们都过快乐年的时候，偕同交通员陈发同志，乘自己同志的民船渡江到海口去，住在平民客栈，等候火轮到香港去。有位在客栈服务的人员，他认识我，我不认识他，他来向我提议，说你俩这样整天住在房子内，既不外出，又不干什么，会引起人家怀疑。他说他去找位朋友，连我们两人，一共四人一起打骨牌玩玩度过时间，这样来表面应付一下。就这样度过了三天。2月2日那天，我俩就乘坐火轮船到香港去，几天后便到上海去。我到上海后，住在一幢有几层楼的最顶上一层，睡吃都在那里，开会也在那里，这次会议的内容是传达和讨论立三路线。会场有几条纪律，听到警铃声响，一要做好准备，二要撕碎文件，三要吞掉文件，四要各自逃跑。在这次会议上，我认识了李立三和周恩来同志。会议大约开了半个多月，结束后我便回香港，接受省委工作指示后便回海南。回到特委后，将在上海参加会议的情况向特委传达，根据会议精神和省委的指示，结合当时海南的斗争情况，讨论了如何展开和准备迎接新的斗争的到来等问题，决定召开海南党的第四次代表大会。4月初，省委派邓发同志来参加并指导会议。主要研究了如何展开"红五月"的攻势斗争；如何发展和扩大革命根据地，建立各具苏维埃政权；如何发展和集中武装成立独立师；如何在国民党军队中做兵运工作，组织兵变和兵暴；如何发动群众开展反对国民党各种剥削和压迫的斗争，进而进行土地改革；选举新的特委。会上，我被选为特委书记。

会议结束后，经过开展"红五月"活动，向敌人展开军事攻势，使驻长坡及陵水的国民党保安队两个连队兵变，从而打开了海南革命斗争的新局面。继而红军独立师成立，更有力地把斗争推向前进，掀起全岛革命斗争的高潮，不仅完全恢复了 1927 年到 1928 年斗争高潮中的工作地区，且发展了新的地区。在我们公开控制的地区，都建立了县、区、乡苏维埃政府，人口 100 万左右。在苏区内，乡有武装赤卫队组织，县有武装基干队组织，每县都有几十人到 100 多人，还有少年先锋队、劳动儿童团、妇女协会等组织。在苏区内，实行土地改革，没收地主阶级的土地、房子和浮财，分配给无地和地少的农民。

1930 年下半年成立红军独立师，下辖 3 个团、1 个独立营、1 个警卫营、1 个娘子军连。每团有 1 个短枪（驳壳枪）连，营也有 1 个短枪排，连有短枪班，在编制上是按照三三制，每排 3 个班，每班 12 人，每连 3 个排，每营 3 个连，每团 3 个营。师部还有政治系统、参谋系统、副官系统、文字系统和随军训练班等组织，师团有政治委员、营有教导员、连有指导员；还有党的一套系统组织，师团有党委会、营有总支、连有支部、排或班有小组；还有政工队、文工团等组织。全师人员共六七千人。

我们组建娘子军，当时的指导思想是为了发动海南妇女参加革命斗争。1927 年到 1928 年的革命高潮期间，不少妇女同志和群众参加暴动，英勇地向敌人冲锋，不怕牺牲。革命低潮后，虽然敌人的白色恐怖异常厉害，但她们还坚持工作，敢于和我们工作同志联系，接洽和掩护工作同志，有些比男同志还好。电影《红色娘子军》中的琼花，就是这些英勇斗争的女同志的代表。在部队中，卫生员、炊事员均是女同志。她们工作不怕艰苦，部队行动时要挑重担子，部队宿营休息，要挑水、捡柴、做饭。卫生员不仅要照顾伤病同志，到处采草药，且在作战时，也跟武装同志一样上火线抢救受伤同志。在各机关、在后方工作的女同志，对工作很负责，积极肯干。同时，她们纷纷提出要参加武装拿枪杀敌，因此我们决定组建娘子军，1931年5月1日成立了一个连，人数约120人，全连除了师部派去的一个教练员是男同志外，其他均是女同志。

娘子军当时的任务主要是在特委和师部驻地外围红白交界地区活动，保卫苏区，打击国民党区乡公所常来抢掠和扰乱苏区的武装力量。国民党反动派为了欺骗和鼓励那些武装力量扰乱苏区和抢掠苏区人民财物，提出"打到苏区去抓娘子军回来做老婆"等口号，但这些豆腐军每一次来扰乱和抢掠苏区，都被娘子军打得落花流水、惊惶逃命。

府海学生运动与琼崖武装暴动[*]

马白山

 1922 年，共产党员徐成章回琼开展党的地下活动，同革命师生建立了联系，向他们传授马列主义，宣传我党的政治主张，并与王器民一起，在海口市创办友声出版社，出版《琼崖旬报》，传播新思想。同时创办新琼剧社，编写反帝反封建的剧本，组织时装琼剧班"两南班"，组织革命师生利用假期到各地巡回演出。后来，冯平、杨善集、王文明等十多位革命学生，分别到广州、上海求学，并且都加入了中国共产党。冯平、杨善集还被送到苏联学习。此期间，在上海读书的黄昌炜、陈垂斌、罗文淹和郭儒灏等出版《琼崖青年》，在北京读书的莫孔融（中共党员，后与李大钊同志同时牺牲）、柯嘉予出版《琼岛魂》，在广州的杨善集、王文明、叶文龙出版《琼崖革命大同盟盟刊》等革命刊物，这

---

　*　本文原标题为《府海的学生运动与琼崖的武装暴动》，收录时做了适当修改。

些刊物和当时发行全国的《新青年》《每周评论》等进步刊物一起传入海南,使海南的青年学生和进步教师首先接受了新思想,开始接触马列主义和十月革命的经验,使革命斗争有了明确的指导思想。

1926年1月,国民革命军第四军渡琼作战,在人民群众和革命师生的配合下,迅速地消灭了反动军阀邓本殷在海南的势力,建立了海南国民革命临时政权琼崖行政区政务委员会和党的领导机构。这时担任国民革命军第十二师党代表兼政治部主任的王文明和中共广东省委特派员杨善集以及原来的学生运动领导人冯平、许侠夫、罗文淹、陈垂斌、李爱春、冯裕江、陈秋辅、周越、陈昌华、陈德华、王业熹、郭儒灏等党的干部相继回琼,不久在上海学习的冯白驹也回琼。革命骨干力量的聚集,使海南的学生运动进入了一个新的时期。

1926年6月,中共琼崖地委宣告成立,决定首先在学生中发展党的组织,作为建党的基础。因此,地委决定派许侠夫、罗文淹、冯裕江、陈垂斌等同志在学校任职,负责组织和领导学生运动,大力发展学校中的共产党和共青团组织。这时候,学生运动的方向更加明确了,斗争的策略也愈加高明了。在校内,斗争的主要目标是夺取学校的领导权和改革陈旧的教育方针。改革教育方针就是把教育与当时反帝反封建的革命斗争结合起来,组织学生学习马列主义理论和革命报刊,在学生中掀起了学习革命理论的热潮。在府城,学生党员郑景深开办的平民书社等几间出售革命书报的小书店，每到晚饭后，学生们总是挤得满满的。为了推动广大师生学习革命理论，府海各中学还经常邀请杨善集和王文明同志到各校去做报告，介绍马列主义的基本知识和俄国十月革命的基本经验，论述我国现阶段革命的性质、对象和主要力量，指出学生运动的方向和地位，每次都博得学生们热烈的掌声。为了统一学生的思想，激发学生的革命热情，争取更多的师生参加到革命行列中去，各校学生会定期出版墙报，墙报的内容丰富多彩，不同的政治观点可以自由争论，通过争论，纠正不正确的倾向，批判错误的思想，从而统一认识、统一行动，成为革命师生不可缺少的战斗园地。反对靡靡之音，大唱革命歌曲，是当时府海各校出现的新气象之一，每逢集会或游行的时候，《国际歌》《少年先锋队队歌》《国民革命军军歌》的雄壮乐曲总是此起彼伏，给人以力量和鼓舞，革命歌曲成为熏陶革命思想、激发革命斗志的有力武器。

府城学联还根据琼崖地委的指示，组织学生宣传队和学生工运工作队、农运工作队，走出校门宣传，教育群众。学生宣传队的活动，形式多种多样，内容丰富多彩，宣传队一到，街道居民、过往行人就围得水泄不通，争相观看。有一次，琼海中学学生宣传队在海口市南门大街上演出活报剧，揭露奸商、财主勾结封建官僚囤积居奇、提高米价、大搞投机倒把的不法行为，激起了广大群众的义愤，高呼"打倒封建官僚、严惩不法奸商财主"的口号，冲到南门附近的米店示威，吓得店主屁滚尿流，连连叩头求饶。除了小型宣传队外，各校还联合组织大型文艺宣传队，演出富有革命内容的时装琼剧或话剧，每到星期六夜，国民革命军的师部广场总是人山人海。琼海中学学生文华农和林玉主演的根据《大义灭亲》改编的时装琼剧《爱国青年郑民威》和琼山中学学生李轩、黎文锦主演的话剧《打倒土豪劣绅》，博得群众的好评，总是一演再演。每次宣传演出之前，王文明和杨善集同志都到场发表演说，深刻揭露反动军阀、封建官僚和土豪劣绅对人民大众的压迫和剥削，号召工农大众组织起来、团结起来，将国民革命进行到底。

在工运工作中，学生工运工作队根据府海工运领导机关的指示，深入到工人群众中去，大力开展宣传教育活动，号召工人团结起来、组织起来，摆脱牛马不如的生活，并发动工作中的积极分子和骨干力量成立新工会。府海工运办事处主任林平同志亲自带领学生工运队，在工人群众中揭露反动派破坏新工会成立的阴谋，激发了工人向往成立新工会的热情，先后成立搬运工人工会、黄包车工人工会、驳船工人工会、手工业工人工会、汽车工人工会、马车工人工会、清洁工人工会、旅店工人工会、店员工人工会和服务行业工人工会等27个基层工会，工人运动进入了蓬勃发展的时期，为保护工人权益、改善工人生活条件和工作条件而斗争。如有的黄包车主，车坏了不修理，或是转租，故意使工人失业。

学生工运队就配合工会，跟资方进行说理算账，揭穿他们所谓亏本的谎言，在事实面前资方不得不表示同意执行新合同。这样就树立了工会的威信，鼓舞了广大工人的革命热情，几乎所有工人都加入了工会，使工人群众在大革命运动中形成一股强大的力量。

学生农运工作队的主要任务是向农民宣传，组织农民，成立农会，领导农民打倒土豪劣绅，铲除封建统治。学生农运工作队一进入城西、城东两乡，农民看到不怕军阀邓本殷、不怕神不怕鬼的学生哥来了，都暗暗高兴。有些农民找上门来，请求革命政府惩办村中欺压百姓、无恶不作的土豪劣绅；有些怕事的农民，虽然不敢公开露面，但也把报仇申冤的希望寄托在学生们的身上。学生农运工作队组织苦大仇深的劳苦农民带头同土豪劣绅做斗争，向农民开展宣传教育，号召农民组织起来，成立农会。随着斗争的深入发展，农会还收缴了地主豪绅的枪支，把农民武装起来，组成农民自卫队，作为对敌斗争的武装力量。农会还颁布命令，实行减租减息，销毁高利贷契约，收回被占领的农民的房屋和田地、耕牛，不准地主收回佃户的田地，不准地主囤积居奇、提高米价，从而改善了农民生活，提高了农民发展生产的积极性。为了加强对农运的领导，海口市郊区农民协会办事处主任冯白驹经常到东郊和西郊检查工作，指导学生农运工作队，吸收工作积极、思想进步的农民入党，建立农村的党组织，农会以共产党员为核心得到巩固和发展。

从此，学运、工运、农运紧密结合在一起，推动着海南大革命运动的不断发展。

两攻兴宁城

张嘉谷

1926 年，我参加了共产党员卢惊涛在潘家祠堂主办的农训班，由曾不凡、彭秋帆介绍加入了中国共产党。在农训班推动下，兴宁农民运动发展很快。1927 年四一二反革命政变后，国民党反动当局大肆搜捕共产党人，兴宁的共产党人和革命群众也遭到疯狂搜捕和屠杀。为了反抗国民党的屠杀政策，卢惊涛、蓝胜青、曾不凡从本地斗争实际出发，决定迅速组织发动攻打兴宁县城的农民暴动。

事前，按党组织决定，我陪同共产党员曾治中去龙川县麻布岗与土匪张英联络攻打兴宁城事宜。张英为了扩大势力，同意联合攻打兴宁城。中共兴宁县特别支部详细研究了联合张英攻城的具体问题，决定 5 月 18 日举行暴动。随后，我们在小洋下日夜忙着烧旧棺材板，熬硝盐，制造土炸弹，收缴枪支，为暴动做好准备。

5 月 18 日的暴动攻城，由于张英部未能协同动作，加上敌人已有觉察并关闭了城门，最后未能攻下。在反动武装变本加厉"围剿"和烧杀抢劫的情况下，我们只得化整为零疏散隐蔽。

其后，兴宁党组织在中共中央八七会议精神指引下，决定再次攻打兴宁县城。吸取首次暴动失败的教训，我们积极做好各方面的准备工作。首先，在全县农村深入开展宣传发动工作，各区乡农会办起了农民夜校，以群众喜闻乐见的民歌等形式宣传革命道理，提高农民的阶级觉悟。同时，党的领导人分头下去，协助区乡建立农民自卫军、基干队，并先后镇压了坜陂、永和、水口、罗岗、大坪等地的反动团防队，缴获了一批枪支弹药。我们还继续寻找旧棺材板烧制火药，做引线，制造土炸弹，准备第二次攻城之用。同时，上级党组织特派肖向荣到兴宁，具体指导暴动的各项准备工作。在武汉中央军事政治学校学习的刘光夏，受党的派遣回到兴宁家乡，在水口盐米沙建立了一支农军武装，同蓝胜青等人一起，积极投身于领导第二次攻打兴宁县城的准备工作。

兴宁党特支于 8 月底在梅子坑召开扩大会议，分析了敌我斗争形势，准备利用当时兴宁反动武装陈楚麓、潘明星正与土匪武装张英在罗岗发生激战、敌人城内力量空虚的有利时机，发动第二次农民暴动。鉴于第一次暴动的经验教训，蓝胜青、刘光夏、卢惊涛等领导人决定把参加暴动的农民武装秘密集结在梅子坑胡屋，城内以县立中学教师中共党员李一啸带领张和祥、陈瑞权等一批进步学生，以南街琅环等地为集合地点，将土炸弹秘密运到这里，里应外合。特支成员分工协作，认真做好人员武器落实、敌情侦察、内应据点等各项准备工作。

9 月 2 日黄昏，曾不凡命令我说："你同曾宪珠到琅环去找张和祥和李一啸，叫他们在下半夜 3 点钟把南门打开，你们两人就在那里帮助他们，配合农军攻城。"我们去到琅环找到了张和祥和李一啸，传达了曾不凡交代的任务。琅环有 20 多名县立中学学生，我们在那里一起吃了晚饭。李一啸对大家说："今晚，党组织决定攻打兴宁城，我们的任务是先打开城门，里应外合，迎接农军入城。"下半夜 2 点多钟，张和祥等 20 多人带上斧头、铁锤、土炸弹直奔南门，发现南门没有守军，我们顺利地用斧头砸开南门铁锁。

其时，在梅子坑会集出发的各地农军 200 多人，在蓝胜青、刘光夏率领下进抵南城门外，个个意气风发、斗志昂扬。这支农军武装虽然武器简劣，仅有汉阳造步枪 3 支、五华造单响步枪 17 支和几支短枪，其余都是粉枪、抬枪、马刀及土炸弹，但作为一支党领导的农民武装队伍，他们勇敢顽强、毫不畏惧。我们预先打开了南门，农军直奔城门而入。他们同李一啸带领的县立中学学生一起，共有 100 多人，进攻位于老街上的警察局。农军大声高呼："叶、贺大军来了！"炸了几个自制的火药包，警察便惊慌地向大新街逃跑了。我们缴了警察局几十支步枪，7 支"凹兰"短枪，还从警察局仓库里背了100多支毛瑟枪，但都是打不响的。

刘光夏、蓝胜青、卢惊涛率领农军100多人集中攻打县政府，冲锋号声、呼喊声以及装在大洋铁桶内燃放的鞭炮声、土炸弹的爆炸声响成一片，震撼全城。敌人从梦中惊醒后仓促应战，农军与县府警卫队在司前街、大新街口发生激战。农军人多势众，直逼县府，县长廖森圃见势不妙，从县府背面越墙而逃，农军顺利地占领了县府。附城农民自卫军和农会会员数百人听到农军攻城暴动的消息，也纷纷手执武器赶来参战。战斗到午夜，农军占领全城。

3日上午10点左右，农军领导在县府西花厅开会，决定成立兴宁县临时政权机关，并召开大会，宣布一切权力归工人、农民，要求各行各业安顿秩序、照常营业。

5日上午，暴动的农军在兴凤寺成立广东工农讨逆军第十五团，团长刘光夏，党代表蓝胜青，参谋长卢惊涛，政治部主任曾不凡，全团约200人。这支崭新的工农革命武装在兴梅地区同国民党反动派进行了顽强的战斗，为土地革命立下了不可磨灭的功绩。

珠江风暴

陈同生

1927 年 11 月 17 日，粤系军阀张发奎、黄琪翔突袭了驻在广州的桂系军阀，打着"护党"的招牌，以"左"派面孔欺骗人民。

张发奎的第四军教导团，是由原中央军事政治学校武汉分校等单位的学员组成的，进步势力占绝对优势，基本上为我党所掌握。反动头子们大不放心，虽已缴下了武器，还在叫嚷要解散教导团。张发奎对教导团的评语是"拉了线的手榴弹"，意思是说拿在手里要炸自己，可是扔出去就会炸别人，还可以利用它来扩大自己的势力。于是，他调出一些"左"倾军官，派进一些亲信，不仅不解散，而且还要扩充教导团，并发还了武器。

警卫团在湘赣边起义后只剩下一个空架子，张发奎也恢复了这个团的建制。我们党为了发展革命力量，经过叶剑英同志多方活动，招募了一些因省港大罢工而失业的工人，把这个团充实起来。当时，党派我到那个团去当连指导员，我们那个连的连长是袁耐坚同志，我们的工作进行得很顺利，通过组织和发动，全团班排长都是革命的或同情革命的，全营只有个别连长、连副是黄琪翔的亲信。

这时的广州大有"山雨欲来风满楼"之势，各行各业的工人连日举行罢工、示威游行，反对反动政权，高喊"放下青天白日的白色恐怖旗，举起镰刀斧头的革命红旗"的口号，满街红旗蔽空，群情激昂，革命的气势越来越高涨。然而，以张发奎为首脑的广州反动当局，看到群众的革命情绪十分昂扬，立即摘下"左"的假面具，阴谋策划在广州来一次比武汉更厉害的大屠杀，并要解散教导团。

省委研究了形势，决定提前起义，一切准备工作迅速而秘密地进行着。尽管敌人不分昼夜地进行侦察、捉捕，但我们的工作并未有丝毫松懈。1927 年 12 月 10 日晚上，熄灯号刚吹过，团指导员办公室的干事莫雄同志来通知我们：上级已经决定明晨 2 点半举行起义。今晚 11 点以前把反动军官监视起来，罪大恶极的处死。战斗准备也要做好，等教导团的枪声一响，就按计划迅速采取行动，攻占指定的据点。

第二天黎明以前，教导团从四标营打响了第一枪，子弹划破了白色恐怖笼罩了 8 个月的长空。我们根据命令，将 3 个连集合在一起，逮捕了反动军官，宣布起义。并且告诉大家，今后这个团就是工农革命军了，官兵一律平等，薪饷不分级别，一律每月 20 元。士兵非常高兴，自动撕下青天白日帽徽，挂上红色识别带，投入了战斗。警卫团团部在行动之前，将反动的参谋长唐继元处死，由陶铸同志任参谋长。战斗刚一打响，团长负伤，蔡申熙同志继任团长。听说张发奎和黄琪翔逃走了，大家气得直跺脚。停泊在白鹅潭的英美帝国主义军舰在珠江中游弋着，不断向我阵地发炮，打得八旗会馆这座古老的房屋摇摇欲坠。我们从仓库里推出各种炮几十门准备还击，可是我们只会用迫击炮，其他炮大都用不来。后来战士们想尽办法，才把一排平射炮弹打出去，赶跑了这帮外国强盗。周围响着激烈的枪声，马路上到处是挂红带子、背着枪的工人，到处是红旗和红布标语。白色恐怖的广州，一下子变成了赤色的大海。

两天过去了，一度沉寂的枪声又逐渐激烈起来，而且越来越近。我们感到有些不寻常的变化，于是我跑到总指挥部去打听消息，恰巧遇到恽代英同志，他告诉我张太雷同志牺牲了，敌人从四面压来，攻得很猛，我们后备力量薄弱，如果坚守广州会造成更大损失。最后他明确地指示："万一非撤不可，你们可以北撤，或转到东江去，与彭湃同志领导的农民赤卫军和红二师会合，继续斗争。"

13 日，情况更加恶劣。从外面赶来的反动军队已占领广州大部市区，我们不得不带着部队向东撤退，沿路不断遭到敌人的袭击。在中山大学附近，经过半个小时激战，我们才冲出来，赶到龙眼洞清查队伍只剩下三分之二了。不久，我们赶上教导团几百人的大队，几支队伍合在一起并肩前进。

部队攻占了花县，进行整编，并自己命名为中国工农革命军第四师。这支刚刚诞生的军队非常民主，师长叶镛是由士兵委员会选出来的，党代表王侃予是由党员代表大会选出来的，其他负责同志也是经过群众选举的。此外，还非常重视阶级成分，规定各级党组织的负责人，要有三分之二的工农出身的同志。师部建立了党代表办公厅，这是党委和政治部的办公机关，下设一个报社，油印出版《红军生活》和一个通俗刊物《造反》。一切都齐备了，就差一面军旗了，可是工农革命军的军旗是什么样，谁也不知道。后来，有人想出个主意，说："我们政府是工农兵政府，军队应该是为工农利益而战斗的军队，所以，我们的军旗上应有代表工人的斧头、代表农民的镰刀和代表士兵的枪。"大家通过了这一倡议，郑梅仙等女同志拿起剪刀、针线，细心而又满腔热忱地用红布做成了我们的军旗。

完成整编工作后，部队又继续向从化、龙门挺进。经过了十多天的行军，沿途击退敌人多次阻击，我们终于突过东江，到达紫金的龙窝。在这里，激战半日，击溃敌人两个团。过了公平，遥遥望见海丰城和敲锣打鼓来欢迎的群众，部队立即欢腾起来，脚步加快了。

新年前夕的海丰城到处刷得鲜红，街道都以革命导师马克思、列宁等革命家的名字命名，四处赶来的农民敲着锣鼓、捧着水果，簇拥在大街上欢迎我们。革命的新气象，人民的热情，一下子赶走了长期行军作战所带来的疲惫。

当晚，东江革命委员会与海陆丰工农兵政府在红宫举行欢迎大会，仪式很隆重，由参加南昌起义的第二十军的乐队奏起雄壮的《国际歌》，彭湃同志以党中央委员的名义并代表东江革命委员会在会上讲了话，把目前形势和革命的远景说得十分生动，令人兴奋，几乎每一句话都引起我们情不自禁的欢呼、鼓掌。他向大家发问："我们的工农兵政府成立了，敌人要是派上千上万的兵进攻我们，能不能把它打败呢？"台下回答："能打败它！"彭湃同志接着说："当然能打败它！……我们是为工农兵自己的利益而战，团结一致，人人奋勇，个个争先；而敌人的士兵是被迫为军阀、地主的利益打仗，谁愿拼命呢？因此，我们一定能胜利，敌人一定要灭亡！"

同志们都说彭湃同志真是一位了不起的宣传鼓动家！

部队暂时在海丰城里休息。我们和当地居民处得非常融洽。正当大家兴高采烈的时候，忽然传来令人悲愤的消息，广州工农民主政府人民劳动委员、赤卫队的指挥员周文雍同志，在起义失败之后，和陈铁军同志被敌人杀害了。当时反动军队进入广州后大肆屠杀，仅在北校场一处就残杀了2000多名革命群众。周文雍和陈铁军同志也不幸被捕，他俩在敌人面前坚贞不屈，严词驳斥敌人的审问。周文雍同志还在监狱的墙壁上写下了慷慨激昂的诗句："头可断，肢可折，革命精神不可灭。志士头颅为党落，好汉身躯为群裂。"临刑前，他俩态度从容，沿路高喊革命口号，高唱《国际歌》，感动得群众掩面哭泣。在刑场上，在就义前的几分钟，他俩还向群众做了最后一次讲演。陈铁军同志还向大家宣布了她和周文雍同志的关系，她说："为了掩护革命工作，以前我们是假称夫妻的，其实是再纯洁不过的同志关系。现在，当我们把青春的生命献给党的时候，我向大家宣布，我们就要举行婚礼了，让反动派的枪声，做婚礼的礼炮吧！同志们，分别了，望你们勇敢战斗！未来是属于我们的！"

还有游曦同志也在战斗中殉难了。游曦同志是教导团唯一的女班长，原是中央军事政治学校武汉分校女生连的学生。广州四一五反革命政变时，反动派把她的未婚夫逮捕，投入虎门深海里淹死了。广州起义时，因和总部失掉联系，没有得到撤退命令，她带着两个班坚守一条街道，与十倍、百倍的敌人搏斗，三天四夜水米没沾牙，子弹打光了，刺刀弯了，只剩下负了伤的三五个同志还在继续战斗。这时游曦同志也身负重伤，她发出最后一道命令："同志们，只要我们有一个人活着，我们一定要高高举起这面红旗！保卫着红旗！"后来，除了一个给上级送报告的通信员外，全班都壮烈牺牲了。敌人将游曦同志的遗体截成数块，在天字码头一带"示众"。

复仇的烈火在我们胸中燃烧，大家呼喊着："还休息什么呀，赶快准备，我们要杀一百、杀一千、杀一万个反动派，为死难的同志报仇。"纷纷向师长、党代表请战。

我们到海丰之前，敌人侵占了陆丰县县城，上级立即下令收复陆丰。我们连是尖兵连，在拂晓前夺取了龙山高地，很顺利地攻占了陆丰。入城后，得知敌人分两路分别北奔大安、东投博美。上级命令分兵追击，我师向东挺进，追至博美，经过两个小时的战斗攻下博美。三日后，经过南塘攻下葵潭以南敌军据点百墩，以后又攻打果陇附近的敌军据点。我们付出很大的代价，有 20 余人牺牲。

年前，我们赶走了敌人，进驻甲子港。上级来了通知，说敌人进犯海丰，要我们速去增援。当时，红二师、红四师由于长期行军作战，队伍大大缩小，只有 2000 多人。领导又缺乏经验，整日忙着斗地主、开大会，不重视扩大武装力量，虽有数以万计的农民赤卫队，但都没有进行什么军事训练，也不往主力部队中补充。敌人趁机集中了十倍于我的兵力，分路大举进攻。红二师在海丰苦战七日，终因兵力不足，弹药缺乏，不得不杀出重围，撤向普宁地区。

海丰失陷不久，彭湃同志率领红四师攻下惠来，后又北上，攻克汤坑，同时游击队在西起惠阳东至潮梅的大片地区积极活动打击敌人。国民党的《中央日报》也说我们在海陆丰"愈闹愈凶，日甚一日"。然而国民党军精锐两个师配合其他部队，要在普宁、揭阳一带围歼我军主力。为了避敌精锐，我们决定分路星夜突围，红四师东进韩江，红二师向西打回老区。

1928年5月3日，红二师与当地赤卫队配合袭击海丰城，虽消灭大量敌人，但也暴露了我军目标，尚未转移就被几路敌人包围，在公平圩以北地区激战一日，我军伤亡甚大，无奈只好撤入朝面山区。当时情况异常恶劣，敌人节节进攻、处处"围剿"，我们大部队实难活动，于是把人员分散，三三两两地住在群众家里，和群众同住同食，一起劳动。群众对我们很好，把我们当家里人看待。

敌人不断下来搜索。来少了，我们就和赤卫队一齐把他们消灭；来多了，我们就和群众一齐"跑反"。敌人找不到我们，就放火烧房子，抢走群众的耕畜和财物。群众就跑上山来，和我们一道搭"寮子"（草棚）住。敌人逐渐向山里进逼，到一山烧一山，我们只好住在石洞里。尽管情况十分严重，群众还是冒着生命危险往山上给我们送吃的。

由山上回来，我觉得分散在老百姓家不是长久之计，经过组织同意，我们几个人到大安洞去找师部。吃了几个月的生红薯，再加上疟疾和湿气疮的折磨，我们走了一天两夜才到达大安洞，然而摆在我们面前的却是个令人万分痛心的噩耗：叶镛师长因在战斗中疟疾发作，不能行动，被敌俘去，押回广州。敌人用尽一切威胁利诱的办法，迫使叶师长命令部队投降，但叶师长严词拒绝。敌人达不到目的，就把师长杀害了。国民党广州《国民日报》上都说："叶镛真算是个铁石心肠的人！"

叶镛同志是劳动人民的伟大战士，敌人虽然夺去他的生命，但并没有夺去他的理想和事业。只要有党在，我们就一定能够取得最后的胜利！

战火中的工人赤卫队

施 展

  1927 年 12 月 10 日的清晨，我和苏南奉命来到黄沙阶砖巷的一间小屋里。杨殷正在主持会议，传达革命军事委员会的绝密指令："总部今天早晨下令，行动提前至 12 月 11 日！"

  有人急切地问："我们来得及吗？"

  杨殷泰然说道："来得及！怎么来不及呢？刀柄还没有给他们抢去咩！麻烦当然麻烦，甚至要准备闯险！准备失败！可是我们要是怕这些还要革命吗！"

  下午，交通员虾仔把我和苏南带到禺山市一间杂货店的二楼。起义总指挥部参谋团绝密的军事会议就在这里举行，叶挺正对着军事地图沉思。工人赤卫队队长沈青、邓苏、李连和郊区农军总指挥陈道周，以及教导团士兵代表也到齐了。杨殷详尽地报告了参谋团掌握的情报以后，由叶挺具体地宣布总部的力量部署和战斗序列。

  军事部署就绪后，杨殷同志提议说："除了硬打，我们要把所有的共青团、劳动童子团、青年学生组织起来，仗一打响，即在全市各地高唱《国际歌》和革命歌曲，叫敌人陷入'四面楚歌'之中！"

10日傍晚，杨殷命令我和苏南巡视检查各赤卫队的起义准备工作。走进糖面工会，里面灯光暗淡，队长刘昌正向队员们布置今晚的战斗任务。我离开糖面工会，穿小巷来到学宫街渭滨书院，这是另一个赤卫队集中的地方，队员们在准备着各色各样的武器；龙藏街太邱书院是第一联队集合的地方，里面已齐集了五六百人，他们负责攻打公安局，队员的武器五花八门，有木棍、剑仔、板刀、尖尾锉、螺丝刀，还有铁条。走出太邱书院，我又到了线香街搭棚工会，队员们已经拿好各种各样的武器，缠好红布带，集合起来准备出发。外面突然传来几阵枪声，这正是起义行动的信号！守在门旁的队员把门拉开，周福挥动红旗，高喊："同志们，动手啦！"便领着队员们冲出门去。

周福左手高举红旗，右手拿着短枪，跑在队伍的最前头。队伍像一条愤怒的火龙，高喊着："暴动呀！""杀呀！"向警官讲习所冲去。

警官讲习所的卫兵仓促举枪抗拒，周福举枪打死了正门口的一个敌人，有枪的队员紧紧跟着他，在最前头边打边冲，拿木棍、竹刀的就在后面高喊助威。

周福跑了几步，右腿便连中几枪倒在地上，旁边的一个队员正想扶他，周福却霍地挺起身来，虽然吃力但却用力地摇动着红旗高喊："打啊！同志们报仇呀！"全体队员在周福的鼓励下，涌进了警官讲习所。

这时候，我夺得一支步枪，面前忽然站出来一个手持短枪企图顽抗的敌人，我来不及瞄准，周福已经向前一跃，飞步冲上去，用旗杆的铁尖插进了这个家伙的心窝。周福也因为伤势过重慢慢坐了下来，然后又躺了下去，终因流血过多光荣牺牲了。宿舍里300多名警官刚从梦中惊醒，来不及穿鞋便当了俘虏。

第二联队中有一个全部由共青团员组成的青年敢死队，在一个年仅18岁的队长率领下，正围攻潮州会馆敌军一个师部办事处。敢死队共有80多人，只有2支手枪和3个炸弹，而敌人却有300多人，并配备了机枪等武器。敢死队员们悄悄地把会馆包围起来，先把一个炸弹从窗口掷了进去，可惜弹药失灵没有爆炸，反而惊动了敌人，敌人慌忙用机枪、步枪拼命往外瞎打，紧紧地封锁了大门口。从正门攻进去不容易，队长便急中生智，留下一半人马和两支枪在正门呐喊佯攻，带领30多个队员绕到会馆屋背，爬过矮墙，把两个炸弹一齐掷过去，一下子把敌人炸死了许多，没有被炸死的，也被吓得争先逃命。趁着炸弹的声威，乘敌人乱不成军之际，前后合力夹攻，除被打死的之外，剩余敌人全部做了俘虏，我们缴获了近1000支长短枪。

经过两三个小时的战斗，除第四军军部等几个据点外，广州整个河北地区都在起义部队控制之中。

天亮时，我赶到维新路起义总部所在地公安局，见到杨殷同志，他今天穿了一套漂亮的绒西装，结了一条鲜红的领带，愈发显得神采奕奕。我高兴地对他说："果然不出三个钟头就拿下广州了！"他吩咐我巡看各地尚未拿下的据点。

在第四军军部那里，战斗正呈胶着状态。敌人盘踞在邻近的楼宇上，居高临下，以机枪密集扫射，拼死顽抗。一部分教导团士兵和赤卫队向敌人发起攻击，但是街道狭窄，部队散不开，又没有掩体，在敌人机枪的密集扫射下，只好退下来，伤亡了不少同志。但教导团和赤卫队毫不放松，紧紧地把敌人包围起来。太平沙方面的争夺战也很激烈，南堤中央银行的守敌依靠坚固的楼房和海面敌舰的支援仍在负隅顽抗。驻守西关陈家祠的敌人已被赤卫队重重包围起来，赤卫队用火力攻一阵，又发动政治攻势。我赶回总部把以上情况做了汇报。

而后，又根据叶挺的指示，沿着珠江岸边查看长堤一带的布防。电力厂北边，电灯局的工人赤卫队用铁桶、木桶、木箱装满泥沙，在堤岸门口筑了一道长长的工事，赤卫队员们精神抖擞、荷枪实弹，盯着河南和珠江河面，监视机器工会的活动，保卫着电厂。在先施、大新、真光三大公司地段，沿堤边都筑有临时工事，海员赤卫队警惕百倍地在来回巡逻着。西壕口的战斗气氛非常紧张，街中心用沙包垒了一个大堡垒，两挺机关枪架在上面，还有许多步枪，枪口都对着江面，赤卫队员们守在堡垒中严阵以待，许多队员持着上了刺刀的步枪在江边巡逻。大新公司天台上还架起了迫击炮，教导团士兵正在教这个公司的赤卫队瞄准。往西走不远便是沙基口，这里有几座工事，有些用木箱麻包等杂物连着骑楼柱做成掩体，有的用席包装满泥沙砌成工事，邮电工人在这里守卫着。

在沙基口可以看见白鹅潭中帝国主义的军舰。各帝国主义的军舰都一律卸下炮衣，各种口径的炮口直指广州城，各舰烟囱浓烟滚滚。望着这些飞扬跋扈、横冲直撞的帝国主义军舰，邮电工人怒骂道："丢那妈！又装腔作势，扮鬼吓人。"

叶挺根据各路情况，加派了兵力，攻打尚未拿下的据点；并发出了加强晚间防卫和巡逻的命令，全力巩固苏维埃政权。

13日早上，各路敌人纠合在一起，开始向苏维埃政权疯狂反扑了。驻石龙的敌军从广九路赶来，向我东线袭击；沿粤汉路下来的敌军向我北面防线反扑；河南的李福林部和从外地赶来的薛岳部两个团，分别从水路在海珠公园、电灯局、西壕口、黄沙等地登陆；缪培南师自西村进犯；陆满、潘枝两个团攻进大北、小北；反动的机器工会"体育队"，也从河南分三路袭击河北。英国的"莫丽翁"号和美国的"沙克拉明"号军舰也开炮轰击，用机枪扫射我长堤一带的哨岗和赤卫队，并派海军陆战队登陆作战。帝国主义、国民党反动派、军阀和各种反革命势力互相勾结起来，妄图一举扑灭我国第一个红色政权。

起义士兵和工人赤卫队在强敌面前表现了高度的大无畏革命精神，他们喊着"誓死保卫苏维埃""与苏维埃共存亡"的口号，同敌人展开了激烈的殊死作战，敌人每进一步都要付出重大代价。但是敌人有增无减，而我们农军赶不及前来支援，各战线的工人赤卫队孤军奋战，在敌众我寡、弹尽粮绝的情况下才不得不忍痛撤退。

西壕口太平南一线是城内战斗最激烈的地方，200多赤卫队与强行登陆的敌军浴血奋战，很多赤卫队员壮烈牺牲了，但仍然坚守阵地。后来潜伏下来的机器工会"体育队"和工贼流氓冒充赤卫队，占据了太平南路嘉南堂八楼，用机枪居高临下向赤卫队扫射，我们上下受敌，才被迫沿人行道且战且走，退到西瓜园和惠福路一带。

根据指挥部指令，各路赤卫队分散突围。我们且战且走，我和其他同志失散了，后来不幸被捕，我由香港出狱到了澳门党的省委机关，才知道省委领导张太雷同志和工人赤卫队副总指挥梁桂华同志牺牲了。当时，梁桂华同志负责长堤一带的警戒工作，浴血奋战中，他身先士卒受了重伤，送韬美医院救治；起义军撤退后，他被敌人拉出医院门口，壮烈牺牲了。我为失去了亲密的战友和领导而心情沉痛。

海员赤卫队[*]

何　潮

　　"四一二"之后，白色恐怖笼罩全国。中共广东省委和广州市委在张太雷同志领导下，立即转入地下，继续领导革命人民向反动派展开积极的斗争。

　　一天，接到一份通知，要我到停泊在珠江的邮船上去参加一个重要的秘密会议。白鹅潭中，外国舰船成群，游艇穿梭，有一条船的桅杆上挂着白地蓝边上绣着"邮"字的水纹旗，那就是我们约定的秘密会址。

　　船舱四周用帆布围得严严密密，只有靠船头的两扇玻璃窗透着一丝光亮。我们30多人挤在船舱里，江边上穿黑色制服、打着绑腿的水上武装警察和戴着墨镜的便衣暗探来回巡视着。不一会儿，张太雷同志走了进来，我们正为他的安全担心，他轻松地说："还好。平安无事。"会议开

---

　　* 本文原标题为《海员赤卫队在战斗》，收录时做了适当修改。

始了，他站起身来，从怀里掏出一张小纸头，低声而又兴奋地说："同志们，告诉大家一个重要消息，党决定在广州发起武装起义。"接着，张太雷同志讲了起义的意义和对我们海员工人的要求。会议的气氛严肃而又紧张。

不久，在张太雷、苏兆征、叶挺、叶剑英，以及周文雍、聂荣臻等同志领导下，起义行动委员会产生了。起义前，行动委员会在我家开会，布置起义工作。会前，我照例布置了母亲和岳母到厨房谈家常，监视对面的茶楼；叫我爱人在三楼做针线活，注意街道附近的动静。大家挤在一间小板房里，围着一张广州市区地图，研究行动日期，调配人选，还讨论了建立政权问题。经过反复研究，大家一致同意在 1927 年 12 月 13 日举行武装起义。我们便立即展开了起义准备工作。

不料敌人发现了我们掩藏武器的米店，被抓去的老板叛变了；决定参加起义的教导团内部也有反动军官告密。广州反动当局宣布了特别戒严令，日夜不停地检查户口，并且要调回驻韶关的军队来镇压。此外，军阀张发奎还准备下令解散教导团。情况很紧急，为了争取时间，不让敌人的阴谋得逞，行动委员会当机立断，把起义时间提前到11 日。

12 月 11 日凌晨，叶剑英同志领导的教导团首先誓师起义。枪声打破了拂晓前的沉寂，在市内各地集结待命的 2000 多工人赤卫队，霎时像海涛似的涌出来奔向指定地点。他们系着红领带或扎着红袖标，手执木棍、短剑，个个精神抖擞向前冲杀。一时冲杀声响彻了大街小巷，振奋人心的歌声鼓舞着人们战斗，全市沸腾起来了。

两小时后，起义部队即占领了全城大部分地区。按事先计划，我们几个人带着赤卫队员分头到西壕口、长堤等码头，劝阻旅客不要上船，并通过在"金山""龙山""广东"等轮船上工作的党员，动员海员离船登岸，参加起义。

7点钟左右，攻下公安局后，总部在那里开始办公，门前已换上了"广州苏维埃政府"的大红木匾。

张太雷同志站在门前一张长桌旁，向围着他的人布置任务。叶挺同志正在楼上办公室里，在大地图前指挥作战，他吩咐我说："快带一些人到东校场军械库去搬运武器，把外边的徒手工人装备起来，去支援打据点的同志。"

在东校场，周文雍同志正在对工友进行编队。突然，有人跑来报告说："敌人从总统府（今中山纪念堂）方向打来了！"

二三百个工友立刻拿着枪，和教导团的同志一起冲去迎敌。这些工友不懂战术，见到敌人就一拥而上，有的在人群中乱放枪。海员黄才拿着枪边喊边追，他扣了一下扳机，也不知是不会用还是枪坏了，没有打响，他急了，干脆把枪扔掉，取下刺刀拿在手里冲了上去。敌人经我们这一反击，死伤很多，没有死的举手投降了，其余的四散逃窜了。

下午，我到总指挥部去联系事情，忽然一个工人同志匆匆跑来，气喘喘地说："张太雷同志牺牲了！"他用颤抖的双手从怀里掏出张太雷同志的遗物：一只怀表和几枚贰毫硬币。他泣不成声地对我们说："张太雷同志开完群众大会回来，在黄坭巷附近被敌人暗杀了。"

听到这个消息，同志们的心都像被沉重的铁锤击打着，悲痛得说不出一句话来。

我认识张太雷同志已经有两三年了，在这期间我不知多少次听过他那通俗动人的报告，读过多少篇他在我党刊物《群众》《布尔什维克》上发表的文章。这些报告和文章，真像"太雷"一样震动我的心弦，鼓舞我的斗志，使我得到莫大的教益。不料在这紧要的时刻，他却牺牲了。

在反动派和帝国主义的反扑下，在敌我力量悬殊的情况下，我们根据总部命令往各地撤退。

这次起义虽然失败了，但在起义中献出了生命的许多优秀的无产阶级战士的牺牲精神，将不断鼓舞着我们战胜一切困难，把革命进行到底！

手车工人的怒吼

李沛群

1927年11月中旬，广州工人赤卫队第二联队正式成立了。这个联队以手车（即黄包车）工人为主，加上酒业、铜铁两个工会的工友组成，编为第六大队，石喜任大队长，我是党代表，陈华、黄文、冯苏同志分任小队长。

11月下旬，市委秘书长董汉在手车夫工会召集的骨干会议上，宣布了将要举行武装暴动的消息。回到车夫馆后，我们把这个振奋人心的消息做了秘密传达，整个车夫馆都在议论着暴动这件大喜事，工友们都在暗中准备着起义用的武器。

12月9日，我们组织了一次庄严肃穆的祭墓宣誓仪式。清晨，来自市内各手车夫分会的30多名骨干，在黄花岗祭奠"四一五"牺牲的手车夫工会领袖彭世、王世文，以及先后牺牲的十多位烈士，"我们宣誓：我们要为你们报仇，要为劳苦工农大众打出一片江山！"在这临近武装起义的前夕，这誓言代表了全体手车夫工人的心愿，有如泰山之重！

10日晚上，我们在支部书记黄益华家里召开了支部大会，联队长沈青告诉大家："今晚深夜3点半钟动手，听东北角四标营枪声为号，大家一齐出动。"我的任务是通知晚班工友集中在车夫馆待命。回到车夫馆后，我嘱咐日班的工友在馆等候，便和石喜分头去把夜班的工友找回馆来。

3点多了，东北角方面突然响起了一阵紧似一阵的枪声。石喜说了一声："工友们！跟我来！冲呀！"人们像决堤的水狂奔直泻。当我们跑到永汉路南如茶楼的时候，前面的枪声已经响了起来，原来沈青带了一支人马从高第街杀将出来，先向敌人开了火。我们直扑五区署，守门的警察一看来势凶猛，转身便溜走了。我们搜索伪警署，缴获了敌人20多支步枪，工人赤卫队立即武装起来了。冯苏和陈华各拿了一支步枪，陈华笑吟吟地抚着枪说："抓车把的手抓枪把，真有意思！"冯苏说："车把手抓印把子更有意思呢！"

我们把队伍集合起来，又冲进了伪税务机关"保商卫旅团"，缴了里面敌兵的枪。这时，南堤传来了异常激烈的枪声，沈青立即带领队伍开往南堤。这里有部分教导团战士正在围攻中央银行，银行守敌负隅顽抗，他们居高临下从楼上的窗户用机枪向下扫射。战士们伏在马路边，全身暴露在敌人的火力之下，前仆后继，战斗十分激烈。沈青立即发动工人赤卫队员找来麻包，装满沙土，构筑工事。冯苏和石喜机灵地推来两部黄包车，把沙包放在车座上，推过去交给教导团的战士使用，使手车成了活动的掩体。教导团的战士接过这些新奇的"战车"，高兴地竖起大拇指说："工人赤卫队顶呱呱！"我们留下部分队员配合作战，队伍折回到公安局对面的保安队操场，将新参加的同志编了队，补足了枪支弹药，然后向吉祥路方向机动，阻击从观音山那边攻过来的敌军。

12月12日，沈青率领冯苏、陈华、石喜和联队队员在观音山已经奋战一天一夜了。晚9点左右，沈青派人送来一张纸条，上面用铅笔写着："速派队增援，多带弹药。"我和曹基即组织休息待命的百多个同志，到观音山增援。午夜11点，枪声稍停，沈青又送来了第二张字条，上面写着："打退敌人三次进攻，阵地安然无恙，目前战事平静，我们和教导团的弟兄们一起，正在抢修被破坏了的工事。"13日0时后，局势急剧转变，教导团战士已奉命撤退到黄花岗集结。1点左右，炮声骤起，夹杂着枪声、水龙机枪声，子弹从天空中"嘶嘶"掠过。沈青的第三张字条又送来了，字条上沾满了沙土，上面写着："速派人来！"我把仅有的队员全部调了上去。3点多钟，第四张字条送来了，血迹斑斑的字条上写着："敌猛烈攻击，我队伤亡不少，正坚决阻击中。速派人来！"我急忙跑去总部，但人员已派光了。

从11日中午登上观音山后，与教导团战士并肩作战，击退了敌人无数次的反扑。12日晚上，教导团奉命撤退了，便由工人赤卫队坚守阵地。一直坚持到13日凌晨，接到总部的撤退命令才撤出战斗。这时，剩下的只有几个人了，手车夫工人赤卫队忠诚勇敢的鲜血，染红了观音山的土地！

那是浴血苦战啊！十倍至二十倍于我的敌军，像蝗虫似的漫山遍野涌向我方阵地，打退一批，又来一批。手车工人们打到枪筒发热、发烫，直到烧红，最后弹尽援绝，仍抱起大石头、烂砖头砸过去；临近了，就拿起枪托、刺刀和敌人拼命！刺刀弯了，枪托烂了，就用拳头揍；受伤的同志倒下去还用牙齿咬……大队长石喜带领同志们坚守右翼阵地，12日傍晚大股敌人窜到阵地侧面，石喜和敌人白刃拼杀，右肩右腿先后负伤。一股敌兵朝他扑来，他用枪托一连砸倒两个，正要向第三个砸去，因为用力过猛，枪杆竟脱手飞去。突然，一颗子弹射中了他的胸膛，赤手空拳身负重伤的石喜，看准了一个敌人扑将上去，紧紧卡住对方的咽喉，两人一齐滚下山坡……他壮烈地牺牲了！我们的勇将中队长冯苏同志在一次反击中，带头跃出阵地，一气刺中三个敌人，不幸自己也连中数弹，鲜血把他染成一个血人，他仍然挺立不倒，用尽最后的力量，把刺刀插向一个手提驳壳枪冲上前来的敌人……

我决心永远在先烈鲜血染红的土地上，为完成先烈未竟的共产主义事业奋斗终身！

广州起义中的张太雷[*]

陈功武

　　1927 年 11 月 20 日前后的一天，我来到广州市西关手车夫工会临时会所，已经有几十个工农兵代表先到了。这时，张太雷同志和三个农民模样的生面人一道走进了会场。

　　张太雷同志招呼同来的人坐下后，就开始和大家谈起海陆丰农民运动的情况：彭湃同志领导海陆丰农民兄弟夺取了政权，成立了苏维埃，正在分田分地。但是，现在敌人霍霍磨刀，想把海陆丰一口吞下，重新骑到人民头上去……"必须巩固苏维埃！保卫苏维埃！"太雷同志捏紧拳头，往桌上一捶："广州的工人阶级应该帮助自己的阶级兄弟，我们要跟海陆丰的农民兄弟紧紧地拉起手来！"他回过身指着同来的人说："这就是海陆丰的农民代表，好不容易才来到广州。"

---

　　* 本文原标题为《回忆广州起义时的张太雷》，收录时做了适当修改。

其中的一位向大家点了点头，用带着浓重的潮州口音的广州话开门见山地说："有枪腰板壮，我们要把枪抓在自己手上，组织农军保卫苏维埃！我们这回带了钱来买枪，请广州的同志们给予帮助。"

"当然了！"一位年轻的手车夫工人代表当场响应道："你放宽心得啦！"好几个人同时说："钱拿回去，不用钱也会给你们弄到枪！"埋藏在人民心里许久的愿望，像翻滚奔突的地下水，急欲冲倒压到身上的大山，发出雷鸣般的吼声。

起义准备工作加快了步伐，工人中的"十人小组"像雨后春笋拔地而起，大家热烈地讨论形势、起义纲领、口号和组织工人群众参加起义的工作。革命士兵中的士兵委员会也在积极行动，由下而上，整班整排地展开讨论。邓中夏同志曾经亲自领导筹划的、主要由省港大罢工工人子弟组成的劳动童子团，也在罢工工人宿舍加紧操练。革命力量正在加紧聚集起来，将攒成猛不可挡的铁拳，以雷霆万钧之势打在反动派的头上。

大约是 1927 年 12 月 6 日，司后街一间小电影院里，陆陆续续来了各式打扮的"观众"，他们三三两两走进闸门，验过"票"后进去厅里坐定，有的抽烟，有的看报纸、画报，有的小声谈论……一个不太显眼的地方，坐着一位戴眼镜穿西服、个子魁梧的青年，埋头翻看着几份文件，不时掏出怀里的挂表打开来看看时间，又望望进场的人们。几个走在后面的"观众"看见他，啊，太雷同志早到啦！

当影院的大钟敲过 12 点，人们马上肃静下来。张太雷同志站起身，他炯炯的目光扫视着全场，充满着热情说："人齐啦？开会吧！我们今天开这个党和工会干部会议，要来通过起义政纲。"他详细分析了国内外的形势和广东、广州的敌我情况，最后有力地说道："现在，正是我们举行起义、夺取政权的好时机！"接着，他将起义政纲、口号逐条解释、宣读、通过。

1927 年 12 月 8 日上午 10 点，有一位交通员来到诗书街某号二楼我的住处，要我立刻去到文明路附近大塘街某号二楼。我到了后，起义指挥部的一位负责人对我说："现在党委派你担任工人赤卫队第一联队政治主任，你肯不肯担任？"我表示愿意接受党的分派。他打开柜子，取出一张委任令给我，那上面用铅笔写道："兹委任陈功武同志为工人赤卫队第一联队政治主任，须听从命令，不能违背。"他又拿出国民党公安局的平面图摊在桌面上，用铅笔指画着对我说："公安局的位置你要弄清楚，一入门有道铁栅，门口对面是办公室，外边有几棵树。穿过天井，北边是警察宿舍，南边有材料库、监仓，续后还是监仓。你们攻打的时候，先派党员打死门警，控制铁栅，然后带大队冲进去。进去了即分成两队，一队冲入警察宿舍捉俘虏，一队绕到后边，把红旗红帽带抛进监仓，鼓励监仓里的同志们扭锁出来。做到这一步你们便算是完成任务了。别的事情有其他同志做，你们再去接受新的工作。"谈完后，我立即赶回家去。跟着，有位同志送来一个中山夜光表、一个指南针和一支手电筒，准备起义时应用。

1927年12月10日，陈铁军同志交给我三枚双毫银圆，总共30块钱，叫我下午去分配给每个参加起义的工友，作为夜餐费，吃饱了，晚上好动手。

盼望了许久的起义的时刻终于来到了！

1927年12月11日，广州亮了天。

我们攻占了公安局以后，陆续来了不少的工人、学生和市民，他们迫切地要求参加起义。在黎明的霞光中，我们工人赤卫队在周文雍同志领导下重新编队，把要求参加起义的人们也编成队伍，在公安局大院里分发枪支弹药，立即派去新的战斗岗位。人们扛着枪，脖子或是手臂上缠着红带，笑吟吟雄赳赳地列队而去。

我留在总部，准备参加苏维埃政府第一次会议。我们将办公室重新布置起来：首先挂上马克思像、列宁像，然后把二三十张普通办公桌拼成一张大会议台，铺上一块大红布，四周摆下藤椅。周文雍同志亲自找了块红布，寻出毛笔，饱蘸浓墨，写上"广州苏维埃政府"几个一尺见方苍劲有力的大字，然后把它挂在公安局门口铁栅顶上，与丽日相辉映。

6点钟，张太雷、叶挺、陈郁、恽代英、杨殷等领导同志陆续到来，包括工农兵代表在内，共30人左右。广州苏维埃政府第一次会议正式开始，会议由张太雷同志主持，他着草黄色亚丝绒军装，腰系开叉皮带，打了绑腿，着咖啡色皮鞋，戴眼镜，神采奕奕，十分英武。张太雷神采焕发地说："同志们，广州的工人阶级起来革命，夺取了政权，成立了苏维埃政府。中国工人阶级处在几重压迫底下，身受的痛苦太多太重了，今天正好起来，挣脱身上的枷锁，打断手脚上的镣铐，扬眉吐气，抬头做人，做新社会的主人！同志们，今天，1927 年 12 月 11 日，我们就开始了！"台下掌声雷动。他接着宣读起义政纲，大家一致鼓掌逐条通过。一想到这无数同志为之前仆后继流血牺牲的政纲今天就要付诸实现了，大家心里兴奋得无法平静。

叶挺同志接着报告军事情况，杨殷同志报告肃反工作情况，周文雍同志报告赤卫队的组织和战斗情况。最后，会议做出决议：（一）宣布广州苏维埃政府成立，发表告世界人民书。（二）发动群众拥护苏维埃政权，定于 11 日中午在第一公园前召开群众大会。（三）迅速打通通向海陆丰的道路，与海陆丰工农兵苏维埃政权取得联系。

开完会，各委员返回各自的战斗岗位。叶挺同志在地图前指挥全市的战斗。外面枪声疏疏落落、愈推愈远，好多地方已被我们攻占。攻下来的地方，叶挺就在地图上画个红圈圈住，还没有攻下的地方用蓝圈圈住，进攻的地方画个箭头指着。

这时，街外忽然传来一片喧闹声。我急忙跑出去一看，原来是教导团和警卫团，还有工人赤卫队的战士们押过来一批批垂头丧气的俘虏，解来缴获的车辆、马匹、小汽车、粮食等战利品排放在马路中心，好多市民前来围观，有的走过去摸摸那些漂亮的汽车，打开车门进去坐坐，笑着说："一世人都没有坐过，今天开开眼界了！"

回到屋里，看见叶挺同志正紧张地指挥长堤方面的战斗。长堤伪中央银行铁门紧锁，对面国民党机器工会反动武装架起机枪扫射，我们的进攻队伍无法前进。叶挺在电话里指挥教导团的炮兵进行支援，终于把中央银行攻下来了。高第街、东堤、仰忠街等处的残敌放火烧屋，总部又马上调了教导团的战士前去救火。

12 点，预定在第一公园前召开"拥护苏维埃政府群众大会"，忽然有人前来报告："敌人从观音山打来了！"原来是敌炮兵团梁若谷部队由白云山冲过越秀山，一直冲到吉祥路。大家一听这消息，拿起枪便去迎击来敌，直到把来敌打得落荒而逃才回来。大家决定将大会改到 12 日中午在丰宁路西瓜园举行。

文德路和仰忠街方面的战斗还在继续，枪声一阵紧一阵松。文德路敌人第四军军部的残敌搬出一包包的大米堆在门口当作沙包，我们发动了几次冲锋，都被猛烈的机枪压了回来。战士们又从城隍庙、致美斋一带侧面进攻，还搬来小炮射击；敌人凭借着工事和火力拼死据守，战斗呈胶着状态。仰忠街第二方面军后方办事处的残敌用机枪守住大门，而且居高临下，用火力封锁了狭窄的街道，我们进攻的队伍散不开，攻击受到阻滞。教导团有的同志抱枪就地翻滚，冒着弹雨一路滚到门边，猛然翻身起来，朝门口开枪强攻。在激烈的战斗中，许多市民和孩子都跑来围观，他们兴奋地帮战士们拿这拿那，递茶送水，呐喊助威，并不害怕敌人的枪弹。

夜晚，不时传来几声冷枪，冲破激战后的寂静，赤卫队员和战士们在街头巡逻，精神抖擞地对来往的人喝问："口令！"而回答是那样地充满着欢悦和自豪的感情："暴动！"

1927年12月12日，广州苏维埃政权诞生的第二天，市面异常平静，店铺照常开门营业，人们熙来攘往，面有兴奋之色。油业工会里非常热闹，工友们进进出出、喜笑颜开，有的在扎旗帜，红红绿绿的彩旗上写着"拥护苏维埃！""工农兵士万岁！""共产党万岁！""打倒反动派！"等口号，有的在大声谈论着昨天的战斗，有的捧了扎好的旗帜到外面去分发……

西瓜园广场上搭了一座比人还高的主席台，上面挂着一条红布，上书"广州工农兵士拥护苏维埃政府群众大会"，十分醒目。台侧有军乐队，精神奕奕、气宇轩昂地高擎着大喇叭，捧着大洋鼓，很是威武。11点左右，各路参加大会的队伍陆续齐集，大约有1万多人。人群中爆发出热烈的掌声和欢呼声，满场红旗飞舞起来，都在为苏维埃政府的诞生欢欣鼓舞。我说："这是我们工农兵士群众艰苦奋斗、流血牺牲才得来的，我们要知道来得不易，我们应该坚决拥护苏维埃政府！拥护自己的政府！"接着，张太雷同志在掌声中站起来讲话，大意是：十月革命以来，全世界的工农斗争很快地展开了，帝国主义四分五裂。我们工农大众深受帝国主义、反动派和封建地主的压迫剥削，痛苦不堪，所以我们要起来革命……接着，他向全体参加大会的工农兵和群众，也是向全世界宣布："广州苏维埃政府成立了！"雷鸣般的掌声和欢呼立即把这声音托上了高高的蓝天，满场的红旗摇曳生风，表达了革命人民的兴奋和喜悦。张太雷同志讲了一个多小时，工友代表也上台讲话，从心坎里拥护帮助他翻身的苏维埃政权！

散会后，我离开会场，回家饮了杯茶，出门便听见一阵枪声。我走向太邱书院，踏进门口时看见在那儿的工友们异乎寻常地沉寂，像被什么东西压住了胸口似的，我觉得很奇怪，问道："怎么啦？"一位工友低声说："张太雷同志牺牲了！"这话像晴天霹雳，震得我手脚麻痹、头晕眼花。

啊！怎能相信这样的消息！张太雷同志刚才还生龙活虎地在会上讲话，转眼之间就牺牲了，这是可能的吗？惊定之后我问工友："你快说！这是怎么回事？"

"散了会，太雷同志的汽车开到黄坭巷口，突然有股机器工会的工贼冲出来，一阵乱枪，太雷同志和司机、卫士当场牺牲……""啊，现在在哪里？"我急切地问。"在总部办公厅。"

我立即赶去总部，三步并作两步奔进总部办公厅，我的心紧缩着，我泪花盈盈地看见了太雷同志静静地躺在那里，两手紧握着拳头，仿佛要向那还未彻底肃清的反革命击去！

"出师未捷身先死，长使英雄泪满襟。"太雷同志为人类的解放事业鞠躬尽瘁，在向旧世界冲击的最前线，献出了年轻的生命；在战斗最需要他的时刻，他却倏然离开了我们，真令人感到有如丧亲之痛。

安息吧，太雷同志！我们接过你的武器，秉承你未竟之志，一定和敌人浴血奋战，坚持到敌人被全部消灭。只有把新社会捧到你的灵前，才是对你最好的祭奠，才能慰藉你的英灵！

东江革命斗争中的姐妹们

钟冠英

1925 年夏，惠阳高潭区建立了妇女解放协会，朝客乡也成立了妇女解放协会。那年我 24 岁，我全家都加入了农会，我男人还是农会的积极分子。根据区农会指示，我负责把妇女组织起来，成立了乡妇女会，大家推举我当妇女会长，那时叫会长婆。为了姐妹们的利益，我挑起了这副担子。

乡妇女会人数由最初的几个人很快发展到几十人、上百人，我们所做的工作主要是宣传提高妇女地位，替妇女撑腰说话，等等。我鼓励大家不要怕，由我带头走村串户去搞宣传、做工作。在召开各种群众大会时，为了显示妇女的威风，我们乡妇女会员每人做了一身带条的白布衣服，胸前佩戴农会胸章，竹笠也是统一的，写上"妇女解放协会"的字样，系一条白带，列队整齐地手拿粉枪，唱《国际歌》或其他革命歌曲进入会场。旧社会妇女地位低下，平时只穿黑布衣服，无人敢穿白衫。我们妇女在大会场上敢穿白衫，在当时确实不简单。

那些年头，在封建势力的禁锢下，妇女都不敢剪发。后来我发动大家起来，把表示封建主义影响的发髻剪掉，挺起胸膛来走路。在当时剪发是要担风险的，凡已剪发的妇女就叫"自由女"，或叫"共产婆"，在敌人眼里是"共匪婆"。没有一定的觉悟，谁敢剪发！我不怕，由我带头剪，后来全乡青年妇女大部分都剪掉了发髻。

1927年农历十月中旬，我作为朝客乡妇女代表到高潭黄家祠参加工农兵代表大会。会上讨论妇女问题时，区妇女会长江梅同志讲了许多我们妇女要说的话，她说妇女和男人一样有手有脚有头脑，同样可以拿枪上战场，同样是革命力量，不把处在社会最下层的妇女彻底解放出来，就不能很好地发挥这股革命力量的作用。后来通过了"妇女解放"的提案，其中一条就是禁止使用婢女。我们按照"妇女解放"的决议案，想法把在地主家做工的婢女解放出来，利用她们回家的机会进行宣传，鼓励她们逃出虎窝。

我们做好妇女工作的同时，还积极协助乡苏维埃做好武装工作。不少妇女参加了乡赤卫队，和男同志一样站岗放哨，做各种支前工作。高潭圩经常召开各种群众武装大会，我们乡妇女在会上都整齐地列队放枪（主要打粉枪）。1928年正月初，红军打下紫金南岭后，在河坝上召开群众大会，当场镇压一批反革命分子。这次大会大家让我上台讲话，我不怕，上台讲了半点钟，号召农民群众团结起来打倒反革命，夺回土地权。广州起来的红四师开来经过我们乡时，我们妇女将准备好的各种食物端到路边，热情迎接红军。

1928 年春，国民党军阀派兵来"围剿"高潭，到处杀人放火。民团头子江达三还疯狂叫嚣：朝（客）梅（水）、中峒一带连秆扫头都要过三刀。在反"围剿"的艰苦日子里，我们乡女赤卫队员都英勇地拿起枪杆和敌人开展斗争，当时常唱的歌曲是："拜别爷娘去从军，腰围绿战裙，金粉胭脂抛去清，变换丈夫身……"我们妇女们一样是群情激昂。

在和敌人斗争中，我们乡妇女做了许多艰苦的工作，有的献出了宝贵的生命。

区苏维埃机关转移到我们乡设立据点坚持活动，一天天亮前，民团突然来围村捉人，在战斗中我们牺牲了几位同志，江连香为了掩护区苏维埃工作人员赖秀同志转移，不幸被捕。江达三为了让她供出苏维埃活动的情况，使用了惨无人道的酷刑，甚至用钉子钉她的四肢。但她宁死不屈，痛骂江达三，最后惨遭杀害。牺牲后，残忍的敌人还削尖竹桩对准她胸部将她牢牢钉入地下。她的事迹使我们非常感动。

钟娇同志的丈夫刘南恩，在革命低潮时思想产生动摇，想投靠南岭地主。钟娇发现后，为了挽救刘南恩，她连夜冒着生命危险到中峒找区苏维埃向领导报告，在回来路上经石壁溜地方遇上南岭反动武装，英勇牺牲。

刘罗氏同志在敌人来搜山时不幸被捕，敌人用尽酷刑，但她十分顽强，坚贞不屈。就义前，敌人问她为什么要剪发，她挺起胸膛大声回答："我要革命到底！生也要红，死也要红（意思是死要死得光荣）！"

　　我们乡英勇牺牲的女赤卫队员还有黄四、杨七等同志。我们活着的妇女前仆后继坚持斗争。张凤同志后来参加了红四十九团，跟随丈夫黄伯梅（红四十九团副团长）转战高潭及海、陆、紫和普、潮、惠等地。叶满同志在敌人搜山时被捉到高潭圩，但她想法逃了出来，她丈夫刘镇牺牲后，她毅然参加了红四十九团，成为一名红军女战士。

　　面对凶恶的敌人，我们就像烈士们那样，"生也要红，死也要红！"坚决和敌人斗争到底。

海陆丰武装起义[*]

黄　雍

　　1927 年国民党反动派在广州发动四一五大屠杀之后，中共广东区委负责同志派我到海丰开展工作，任务是在海丰成立东江革命委员会，由我任东江革命委员会主席，在海陆丰一带组织革命暴动。

　　我大约在 1927 年的 6 月间来到汕尾，装扮成香港商人，接洽生猪出口工作。当时，汕尾很是混乱，我住进一个小客店后，在八九个小时内，警察民团曾七次到客店盘查。我考虑住在这里有危险，于晚上 12 点左右离开那个小客店，由交通员带领，沿着山路走了一晚，至天将亮时到达了一个赤卫队住的地方。在那里休息了一个白天后，晚上又乘船到离海丰不远的地方，和东江特委书记张善铭同志在一艘船上会了面。那时候特委在海丰城附近活动，没有固定的地方，换

---

　　* 本文原标题为《1927 年我在海陆丰组织武装的经过》，收录时做了适当修改。

来换去，有时在陆地，有时在船上，情况很不好。我又会见了杨望和林道文，我们一起研究如何组织暴动的问题。

海丰原来的农民自卫军300多人，大部分已北上湘、鄂，留下来的既没有武装干部，也没有枪械。而敌人则有李汉魂部一个团的人驻在海丰，这个团战斗力相当强。在敌我力量对比悬殊的情况下，大家就如何进行暴动意见不统一，于是我决定再回香港，向上级请示组织暴动的有关问题。

及至八一南昌起义事发，南方局催促我赶快回海陆丰，说南昌起义部队预计很快就会到海陆丰，必须在海陆丰迅速组织暴动，以配合全国的行动。

我第二次到海丰是以区委特派员的名义去的，任务仍然是组织东江革命委员会，以我为主席，指挥东江一带的暴动。开会研究暴动对策时，杨望表示"我一定要干，没有人干我一个人干"，张善铭也是主张打的。会议决定我们去各处串联农军干部和农军战士，组织了两个大队，我们带领这些队伍先打了一些小仗，我们每天晚上都出动打土豪，取得胜利以鼓舞士气，为攻打县城进行了充分的准备。

这时候敌人虽有一团人驻扎海丰城，但四周都被我们团团封锁，给养很困难，军心有些混乱。我们每天晚上都去骚扰，虽然枪械缺乏而又低劣，但我们想出了在火水罐里放鞭炮假装机关枪，也用罐头盒子放炸药假装手榴弹，声威甚大，敌人很害怕。后来，白天也去进攻，选择早晚敌人吃饭的时候，使敌人既不能休息，又不能吃饭。

我们还对捉到的一些敌人好鱼好菜招待，并把他们放回去。这样做效果很好，以后打起仗来，这些人的枪口根本就没有对着我们打。特别重要的是，这些人放回去后，在敌人内部传播了我们吃得怎样好，我们的军民如何团结，从而使敌人军心涣散。结果有一个连47人在连长带领下举行了起义，其余敌军也逃回了惠阳。这样，我们就第一次夺取了县城。

敌人撤退七八天后又打回海丰城，我们的队伍退至黄羌及西北山区一带。我向张善铭提出：海丰的斗争很活跃，而陆丰则没有动静，我们会处于孤立的地位，这是很不利的。因此，决定让我到陆丰组织暴动。我先到紫金与刘琴西率领的农军联系，以他们农军为骨干，在陆丰新田一带开展工作，成立了一支赤卫队。农民看到有了武装，都逐渐大胆靠拢我们。我们攻进了大安镇，收缴了一些当铺的钱物枪支，既发动了群众，又解决了经济问题，为继续发展武装力量创造了条件。

这个时间，八一起义军已打到潮汕，我们退守朝面山不久，周恩来同志即在碣石一带派刘立道来与我们联系，并要我们解决一些现款去支援他们。根据这一指示，我们发动了30个挑夫，挑了30担之前收缴的白银送去。随后，我赶快做好准备收容八一起义军的工作。八一起义部队进入陆丰时足有7000人，是由贺锦斋、董朗等同志带领的。我们立即安排林道文、杨望等筹备了100头猪、100担大米慰劳部队；

看到士兵穿得都很破，我们用没收当铺的布匹，给每一个士兵制一套衣服；组织一批医生为他们治疗疾病；同时开展政治工作，安定他们的情绪。后来，部队进行整编，成立了工农革命军第二师，以董朗为师长、颜昌颐为党代表。

海陆丰全境为我们控制，彭湃同志也回到海陆丰。这时省委来通知要我回香港，准备广州起义工作。彭湃同志得知了这个消息，不肯让我走，他说："我离开海丰已经很久，情况你比我更熟悉，你不要走好了。"他很诚恳地挽留我，要我留下来一道斗争。我在临走之前，彭湃和我谈了一个晚上，对当前形势和今后工作做了分析。

在和彭湃同志接触过程中，他给我的印象是做事很认真，有一个问题不能解决，都一夜睡不着，要跑来找人商量研究，对革命表现出了极端的负责任。

东江武装起义 [*]

丘 球

1927 年四一二国民党反革命政变后，驻防惠州的国民党第十八师胡谦部于 4 月 16 日用武力解散农会、屠杀工农群众，"反共清党"政治逆流渐渐逼近高潭。4 月底，在中共东江特委领导下，高潭区农会和海丰、陆丰、紫金等县同时举行武装暴动，开始了武装夺取政权的斗争。

当时我是"海陆惠紫工农讨逆军"的成员。暴动这天，我们中峒乡农军接到区农会通知开往高潭圩，和其他乡农军一起占领了高潭圩。不久，胡谦派出部队进攻海陆丰，并联合反动民团组成还乡团，号称四十八团，积极准备向高潭进攻。面对这种形势，区农会召开紧急会议，决定立即动员组织农民拿起武器保卫人民政权，将各区农军五六百人集中开到高潭圩，时刻准备迎战来犯之敌。

---

[*] 本文原标题为《我参加东江武装起义的经过》，收录时做了适当修改。

农历四月初一，农军接到可靠情报后即开到企潭缺、淘金坑、佛子坳三个山头阻击来敌，其中企潭缺为阻击的重点。我们在企潭缺山上赶修工事，砍下大松树堵住山缺，并在大路上挖深沟。当初二早晨胡谦部100多人和民团共2000多人扑向高潭圩时，我们一阵排头火将其尖兵打得连滚带爬钻到山沟不敢前进，后来敌人多次发起冲击都被我们打退。我们凭着有利的地形坚守了几天，每天打打停停，白天战斗，夜里我们布置好了岗哨就在阵地上休息。敌人在开初几天还发动冲锋，后来就不敢来冲了，双方对峙了好几天。初十这天，民团头子江达三收买了临阵脱逃的农军战士，领着100多名匪军经桐子窝翻过大山到丹竹坑，占领了鸡公髻岭，居高临下从左侧进攻企潭缺。同时我们接到情报，海丰已被胡谦军队攻进去了。在这种情况下，为避敌锋芒，只好被迫放弃高潭圩，向水口转移。

农历七月初，海、陆、惠、紫等县农军在中峒大沙坝举行声讨蒋、汪的群众武装大会，到会群众1000多人。东江特委书记张善铭在会上讲话，揭露蒋介石、汪精卫屠杀革命同志和共产党员的罪行，当他讲到蒋介石叫嚣"宁可错杀三千，不可放过一个共产党人"时，到会群众愤怒地高呼"打倒蒋介石，打倒汪精卫"的口号，现场气氛十分热烈。会后，农军大队长张佐忠写了一副对联贴在大队部门口："一道红光，斧斩妖精镰斩介；满天赤帜，器归工友地归农。"横额是："同志们奋斗"。当对联贴出后，还引起了一位老先生的评论，他说对联写得好是好，也对仗工整，可惜就是写错了一个字，他还找来了一张纸写了个"怪"字，指出"镰斩介"的"介"字应该如何如何写；张佐忠也在纸上写了"精"字和"介"字，并分别在这两个字的前后写上"汪""卫"和"蒋""石"，组成了汪精卫和蒋介石两个人名，老先生佩服得连连点头称是，说寓意深刻。

"海陆惠紫工农讨逆军"在声讨蒋、汪的群众武装大会后，整顿成立海、陆、惠、紫四县讨逆军，共编成六个大队。为接应南昌起义部队的到来，东江特委决定举行第二次武装大暴动，遂组织工农讨逆军一面练兵，一面不断扩充人员、积累物资，积极准备战斗。

农历八月上旬，工农讨逆军分成几路，从中峒等地出发打击敌人。我参加的是刘琴西一路，攻打陆丰大安坪，活捉了陆丰国民党县长。第二天，刘琴西自告奋勇化装去陆丰县城东海镇侦察，大家不同意，但他坚持要去，并说他在陆丰当过几个月的县长，熟悉地形，还是他去好。出发时，他不要随行人员，一个人化装成发烂脚的，用牛封皮包住脚，又换了一身烂衫裤，手拿烂布袋和烂碗，活像个叫花子。刘琴西回来后，第三天队伍就向东海镇进军，敌人被吓跑了，我们一枪未发进入县城。我们驻防龙虎山城隍庙，没收了一些当铺，缴获了一批物资，分给了当地群众。

恢复了陆丰县人民政权，又接着打海丰县城，由于时间配合不紧，只是围攻了一下，队伍又朝可塘开去。汕尾敌人头子赖俊华吓得坐船从海上逃走了，我们闻讯又开进汕尾去，当天夜里再退回可塘，接着开往公平。接到海丰守敌万炳臣部队逃走的消息，我们又开往海丰县城。

我们在海丰住了几天，主要是搬运清点物资。知道敌人派兵要打回海丰城的消息后，讨逆军决定撤回中峒。撤回中峒后，得到消息知道南昌起义军要来，东江特委布置做好接待工作。人人都很积极，特别是中峒村的群众，纷纷腾出房子并打扫干净，准备好食物，他们把多余的粮食都送来了；我们缴获的很多食品，像咸鱼、菜脯、生油、酒、鸡蛋、花生等，都拿出来慰问部队，还写了一些大标语，如"热烈欢迎叶、贺两军"等，贴在各座大屋墙上。

叶、贺大军开来了，他们穿着破烂而且很脏，头发胡须也很长，有几个女兵头发更长，都披在肩上了，看样子经过长时间行军作战都很疲劳，来到时放下背包就寻地方睡觉。中峒村群众都出来迎接，端茶送水给起义军，把起义军接到预先腾出的房子里。并立即组织人力去激石溪接陆续到来的伤病员，抬回中峒医院治疗。第二天，起义军每人发了一套军衣和5块银圆，把换下来的破烂衣服堆在大沙坝放火烧掉了，并派理发工人给理了发，经过换装、剪发、刮胡须，军容焕然不同。

两三天后，起义军集中在大沙坝开会，工农讨逆军也参加，有几千人到会，并开始挂起了红旗，有镰刀斧头标志，部队整编为工农革命军，后来正式叫第二师第四团，当地的讨逆军也改叫工农革命军地方团队。

为巩固革命根据地，南昌起义军到来的第六天，决定去攻打南岭，我也参加了战斗。南岭的大地主钟坤记很反动，养有不少团匪，在南岭建有德新楼、德庆楼、德成楼等十几座石楼，石楼的四角建有防守的铳柜楼。我军使用机枪扫射石楼无济于事，还被他们打死打伤好几个战士，一直打到下半夜，攻不下南岭，我军集合撤走。红军撤走时，附近乡村的反动民团开枪袭击，被红军赶上去歼灭了，想跑都跑不掉。

这时，国民党驻海丰的部队有两个营的兵力从黄羌来进犯中峒，我军因南岭战斗失利，早就憋了一肚子气，现在听说敌人自动前来送死，战士们个个摩拳擦掌，准备迎击敌人。即从中峒出发，在北卵潭和国民党军队相遇，我军勇敢地发起冲锋，将敌军赶过黄羌，我们占领了黄羌圩。敌军第二天又分两路来反扑，埋伏在山上树林里的我军从四面把黄羌圩包围，周围村里的农民也打死了一部分受伤逃散的敌军，歼灭了来犯之敌，打出了我军的威风。

接着工农革命军又乘胜前进，开进海丰县县城，帮助海陆丰地区建立了苏维埃政权。

南海县农军出击大沥[*]

谢颂雅

1927 年 12 月 11 日清晨，广州四标营教导团打响起义的枪声。市郊工农赤卫队接到工人赤卫队总指挥周文雍的命令，立即出动，投入战斗。

我当时是中共南海县委委员。10 日晚上，我在芳村联络站开了会，便回到大沥龙溪。我把起义的消息告诉农民群众以后，人们一个个都十分兴奋，他们立即拿来纸张和花红粉，一齐动起来，裁纸、煮糨糊、磨墨，忙着写标语。一会儿，村庄里外和铁路沿线的树干上、电线杆上、墙壁上，到处都贴满了鲜红色的标语。"广州苏维埃政府万岁！""耕者有其田！""打倒土豪劣绅！""农民们赶快起来报仇！"农民群众在骨干的带领下，在周围几十里地区开展组织、宣传活动。

---

* 本文原标题为《南海县农军出击大沥亲历记》，收录时做了适当修改。

我和周侠生、陈道周举行了紧急会议，明确了在整个南海九区和石围塘以西市郊地区，攻击敌人、配合暴动的战斗任务，全部由我们农军负责。石围塘、凤溪头、芳村、花地、五眼桥这五个地方形成的环形地区，由广东省委常务委员黄谦等同志率领的农军担任主攻；我和周侠生则分东西两路，夹攻大沥圩。如黄谦部能与我们胜利会师，广州市的西郊就全部为我们掌握了，补给线可以一直延伸到三水、西江甚至更远的地区，而河南区敌人李福林部将受到来自腹背的威胁。这对于暴动计划的实现有很大的作用。

　　我们把这些情况向农军指战员讲过后，大家斗志高昂。深夜3点钟左右，月色朦胧中，我率领了30多个农军从龙溪出发，划小艇到洛口，这里到大沥只有一箭之地，从洛口袭击敌人可以出奇制胜。五更天，寒气逼人，我们都穿着单衣，大家在小艇上都用稻草裹着身子，远远望去如同运稻草的艇仔一样。艇靠码头，我们悄悄地上了岸，看见已经有四五十个武装农民在这里等着，队伍当即扩大到七八十人。

　　第二天一早，周侠生率领的农军已经到了松岗，接近大沥圩了。8点钟左右，从大沥以西响起一排枪声，接着又是三声单响子弹划过天空，这是周侠生预先和我们约好的出击信号。在密集的枪声中，两支队伍从东西两边朝着一个方向兼程疾进，像一把铁钳似的，以迅雷不及掩耳之势挺进大沥圩。守敌只有一个民团局，不到50人，这些家伙听到了枪响，又见周侠生部一个个挥动着大刀砍杀而来，吓得惊慌失措，纷纷缴枪投降。战斗不到 20 分钟，大沥圩便飘起了镰刀斧头旗和农会的犁头红旗。我们枪毙了一批大恶霸，群众莫不拍手称快，旧日的凄凉愁苦一扫而尽，到处是胜利的欢呼声。

当我们在大沥庆祝胜利时，黄谦等在石围塘也打了个大胜仗。广州南海一带地区，完全掌握在起义部队之手，大批群众纷纷要求参加队伍。

13 日清晨，反动县长李宝祥亲自指挥民团 2000 多人，向大沥圩展开了猛烈的反扑。我们在大沥的武装只有 200 人，在敌众我寡的情况下，硬拼和死守都是不利的，为此县委紧急召开会议决定突围，部队分为两路，分别由周侠生和张霭泉率领，均向西北方向突围，先到松岗集合，然后移师北上，直奔花县，与教导团部队会合。

我们约走了 5 里多路，天大亮后却不见张霭泉的队伍跟上来。原来张霭泉在忠义祠准备撤退时，队伍还没拉开，一个赤卫队员就跑来报告说：“民团接近大沙地！我们的哨兵同他们开火了！”张霭泉一听，觉得形势严重，他知道周侠生他们撤退的那条路很难行，如果让民团过来那就难办了，便命令大家马上向大沙地出击，阻击敌人，掩护并接应周侠生他们那一路队伍。70 多个赤卫队员立刻跟着张霭泉直向东南方向扑去。

天刚蒙蒙亮，敌人就发起了冲锋。70 多个赤卫队员隐蔽地接近了敌人，突然猛烈地向敌人开火。敌人一次接着一次地冲锋，赤卫队员也越来越少了，到最后只剩下十多人，张霭泉的子弹也只剩下七粒，他对大家说："同志们，看准了才打！一枪一个！"敌人听见我们的枪声慢慢稀落下来，便一窝蜂地向我们直扑，张霭泉抽出马刀跳了出去，和敌人拼杀，不幸被对方开枪击中。他中弹后，挺立足有两分钟之久，才慢慢地倒下去，剩下一面血红的犁头旗，深深地插在他身边的土堆上。

周侠生见张霭泉还没跟上来，便对我和陈道周说："我们是不是回头看看他们呢？"于是我们三个人便往回走，走了一里多路，就听见喊杀喊追的声音逼过来，便急忙掉转头来追赶队伍，敌人的子弹像暴风雨般地在头上飞过。

当我们赶到张边围河边时，很多人坐在基围上等着我们回来，周侠生赶紧大声喊道："同志们，你们快走呀！过得张边围河，就是胜利！不要等我们！"于是，100多名赤卫队员一个个跳下河里，很快就游过河对岸去了。

大队的敌人紧追过来，我对周侠生和陈道周说："你们先过河，让我来对付这帮家伙！"周侠生和陈道周从我身边向基围穿了过去，可是我一闪身却踏进了路边一个很深的泥潭，泥浆没过了我的膝头，拔起右脚，左脚又陷下去。这时候民团已经冲了过来，我立刻举起左轮向他们射击，不料子弹已经打光了。我把手枪插在烂泥中，正准备和前来的敌人拼掉，发现那个走在前头的团丁原来是冲表村打更的，他时常到我姊夫处，所以我认识他。他见我手上没枪，便搜去我身上的四个双毫币，还剥去我手上那个假金戒指。

这当儿，我乘他不备，一下子把他肩上那支旧枪夺了过来。他吓得连忙说："哎呀！你莫来武的，这些东西我不要……"我拉开枪弹膛一看，原来里面一颗子弹也没有。大队敌人把我围住，恰好这民团的头子竟是冲表村的中医周少南，他是我父亲的朋友。我正想大骂他一通，不料他一见我连忙说："不要伤害他，这个不是。"说完又走到我跟前来："啊呀，你怎么会来这里呀！这么兵荒马乱的……到我家里去歇歇吧！"于是，便叫一个团丁带我到冲表村去了。

这时陈道周和周侠生已走到河边，他俩回过头来望着我像是被人押着似的，都伤心地摇了摇头。民团向张边围河岸扑去，周侠生和陈道周看着对岸的赤卫队员都平安地撤走了，便在风雨交加中迈开大步，向滚滚的河水走下去……我心痛欲裂，看着他们不幸消失在河水中……

怀乡起义[*]

潘定耀

1926 年秋，我考入了信宜中学初中，同年 11 月间，我请假回家时，经罗克明介绍加入共产党。入党后，从 1927 年起，我在怀乡地区进行革命活动，宣传共产党的主张，通过各种关系，物色发展的对象，初步选定对象之后，即向罗克明汇报，再由他亲自审查和个别谈话，然后分批办理入党手续。经过几个月的努力，党员人数逐渐增加了，便分别建立各地党支部组织。

1927 年 5 月，中共南路特派员朱也赤来到怀乡，成立了中共信宜县委。8 月，县委在怀新小学后院大课室召开县区干部会，传达八七会议精神，主要精神是组织地下武装，反对反革命武装；10 月，集中 7 支短枪、25 支长枪，建立起了 50 多人的武装队伍。12 月初，朱也赤和罗克明召集县区

---

* 本文原标题为《怀乡起义历程》，收录时做了适当修改。

干部在怀乡附近开会，具体讨论攻打国民党怀乡区署的计划，决定由朱也赤担任起义军司令，由罗克明任信宜县县长，起义军司令部下设粮食组、枪械组、文书组、宣传组、交通组。

1927 年 12 月 15 日夜里，我们举行了怀乡起义。当天晚上朱也赤、罗克明秘密集中有经验的武装骨干 20 多人，作为攻打怀乡区署的突击力量，先后分散潜入怀乡圩内隐蔽待命。同时又调来附近 100 多名农民积极分子，带上刀叉木棍等器械和少量的枪，利用夜间天黑做掩护，秘密集中到怀乡圩背后的大营地。16 日凌晨，朱也赤率领突击队把七区团局突然包围起来，开枪打死两名卫兵，把正在这里打麻雀牌的国民党区长周植盛捉住，然后押着周植盛带起义队伍去攻区署，由周植盛喊开区署大门，顺利地攻陷了区署。天亮后，我们在区署的大门上贴上怀乡区苏维埃政府的红色横额，并在门上竖起司令朱也赤、县长罗克明两面大红旗，宣告这次起义取得了胜利。

16 日早上，我和几十个武装同志前往怀乡圩，打开印金仓，把仓内贮存的稻谷公开平粜和赈济穷人，共卖得白银 700 多元。枪械组的同志，分赴有枪的地方去收枪借枪。文书组的同志分赴交通要道张贴布告，公布已捉住了国民党区长周植盛和即日开仓平粜谷等。宣传组的同志则分头在圩街上和附近的农村进行广泛宣传。交通组的同志，忙着分头传递书信和情报等。

几天后，传来了广州起义失败的消息。朱也赤、罗克明立即召开紧急会议，商讨应变措施，决定马上枪毙区长周植盛，然后有计划地转移。朱也赤、罗克明领着我们40多名武装同志，连夜开赴扶龙白泥。次日中午12点，国民党县大队长吴洋标带领几百人的武装赶到白泥包围了我们。我们顽强抵抗了四昼夜，由于敌我力量悬殊，决定在天黑时撤离白泥向洪冠退却。我们到洪冠时，只留下17名同志潜伏在洪冠、云开、榕桐等地继续活动。

此时我们的集中地点在洪冠圩协昌店。1928年3月中旬的一天晚上，我们集中在协昌店开会，至当夜12点夜深人静时，我们隐约闻得洪冠街有个人自言自语："这是太昌，没有协昌！"

我从后门出来，再绕到圩尾上，迎面看见一个陌生人，我问他找谁。他答："找协昌铺，找不着。"

我说："这就是协昌，是近三个月前改称太昌的。"为慎重起见，我叫他在街边等候，我将情况告诉罗克明。

罗思索了一下问道："共有多少人？"我说："只有一人。"罗说："一个人，不怕，带他进来。"

我把这个陌生人领进店内。没料到罗克明一见到他，就赶紧和他紧紧地握手，高兴地问这问那。原来他名叫李德三，是我党布置在信宜县县城内以做小贩掩护的地下情报员。这次他带来一个重要的信息：由国民党县长杨伟绩亲自出马，带信宜基干大队长王干华属下200多人，很快就要分路"进剿"我们了。幸得王干华同我党党员梁泽增有亲戚关系，当王干华接受任务后，知道妻弟梁泽增在洪冠，为了叫梁泽增赶快避开，王干华便试问李德三，识不识路去洪冠？李估计王一定有紧要事，便说认得路。于是王干华便托李德三连夜带信来洪冠。李德三拿到这封信后，便日夜兼程赶来，把信交给党的领导人。

凌晨2点，大家即顺利地转移了出去。第二天上午，前来"围剿"的敌人将协昌铺包围起来，结果扑了个空。

我们在罗克明率领下，从洪冠退入钱排达垌活动。经过两个多月的努力，发展到党员30多人、团员70多人，还组织起武装队伍70多人，建立了3个党支部。

为了掌握县城敌人的动态，罗克明派刘光英前往县城，用做些小生意做掩护，四处探听敌人的动静，主要探听县大队的行动。6月的一天，刘光英突然从县城赶回达垌向罗克明报告说，国民党反动派陈铭枢很快就要派三个营士兵前来达垌"围剿"了。罗克明便立即召集我们干部和党员开会研究对策，决定把已暴露的同志撤往外地，尚未暴露的同志则分散回家隐蔽。罗克明即领着我和张敏豪、刘光周等人取道阳江，直奔香港去寻上级党组织。6月底，我们四人到达香港，找到了中共广东省委机关，向省委汇报了工作情况。

我们在香港住了一个月，组织又要我们回家乡恢复党的工作。当我回到家里时，家已经成了颓墙断壁，信宜全县处于一片白色恐怖之中，村里的族人和亲戚都视我为洪水猛兽，不敢和我接近，根本无法开展工作，我只好栖宿于深山密林之中，逃避敌人的搜捕。

在此情况下，我被迫于1929年9月间只身离开家乡，前往南洋谋生。到南洋后，意外地见到了罗克明、杨万禄、张信豪等人。大家互相鼓励，认为尽管情况变了，地方也变了，但我们的革命意志不能变，应该在新的地方继续坚持革命工作。我们便分头向亲戚朋友发动捐献或借钱，筹到一点钱后，即购买小型印刷机一台，创办了一份革命刊物，取名为《星洲旬刊》，大力宣传革命，传播马克思主义。这份刊物出版后，即深受华侨同胞的欢迎，很多人纷纷订阅。后来，我们便把旬刊改为周刊，侨胞们仍争着订阅。但是，当地政府说我们的刊物是宣传赤化的，下令禁止出版，并将罗克明逮捕驱逐出境。

罗克明回到香港后，党组织又派他去广西工作，公开身份是在桂林大学当助教，名为教学，实是干革命工作，半年后他患肺病去香港医治，不久就逝世了。

南雄起义 *

曾碧漪

1927 年 12 月 1 日，中共南雄县委成立，立即着手组织武装力量，在党员和农会的积极分子中挑选出 100 多人，组织武装赤卫队，在和睦塘进行训练，培养赤卫队军事干部，为南雄农民暴动做准备。

县委成立后，进一步研究了诱杀南雄城乡团防局局长卢昆的计划，并付诸行动。一方面，派人三五天一次请卢昆到茶楼饮酒作乐，以迷惑敌人；另一方面，秘密组织训练 30 余名敢死队员，参加杀卢行动。

12 月 15 日晚上，我们派南雄中学学生会主席欧阳璋、学生会干事尹梓秀出面，在南雄城美香馆酒楼设宴，引卢昆、黄逸品、黄仁山等反动分子到美香馆酒楼吃饭。事先，卢世英带领 30 多名敢死队员，于黄昏时埋伏在美香馆酒楼

---

* 本文原标题为《南雄起义始末》，收录时做了适当修改。

附近。夜幕降临时，卢昆、黄逸品、黄仁山等在南雄中学学生会主席的陪同下，大摇大摆地走进美香馆酒楼。李士泰、张道谦、邓事谦等人急忙上前迎接，将他们安置在筵席的上位。

丰盛的宴会开始了，宾主对饮相让，卢昆等人美滋滋地痛饮，毫无戒备。敢死队员的发号员眼见酒宴正酣，恰到时机，立即把灯熄灭，并大喊一声："开火!"霎时，头戴风帽眼镜的敢死队员一个个跳跃上楼，直奔宴席。卢昆等人一惊，忙问："士泰兄，这是些什么人?"李士泰镇定地说："这是农民，别管他们，请饮酒吧!"

这时，卢昆和黄逸品已喝得烂醉，毫无抵挡能力，敢死队员满怀刻骨仇恨，将尖刀刺进卢昆和黄逸品等人的心脏，卢和黄当场毙命，黄仁山在黑暗中失魂落魄地逃跑了。

第二天，国民党南雄县党部改组委员麦显荣惊惶逃走，躲进南雄中学学生宿舍。由南雄中学学生带路，曾兰香、曾杉、毛古等人大步冲到麦显荣床前，大声喝问："床上躺的是谁?"麦装睡不理，曾兰香拉开步枪枪栓，吓得麦面如土色跪地求饶，曾兰香把麦显荣当场击毙。当天，还杀了另一个改组委员彭求福。这次诱杀卢昆等人的活动，拉开了南雄农民暴动的序幕。

诱杀卢昆等人的计划实现后，县委立即酝酿新的行动。1928年2月12日，县委在灵潭鸳鸯围召开紧急会议，出席会议的有曾昭秀、陈召南等同志，我也参加了这次会议。经过认真研究，决定在 13 日晚上举行全县武装大暴动，并做了具体的分工部署。

2 月 13 日晚上 8 点，北风呼呼，天下着雪，全县在同一时间内举行了武装暴动。当晚，湖口、坪地、石坑、瑶坑等地的赤卫队袭击大城门税厂；灵潭、祗芫的赤卫队攻打中站税厂；和睦塘、上朔的赤卫队攻打夹河口税厂；锦陂一带的赤卫队攻打新田乡公所；弱过、园岭的赤卫队攻打水口乡公所；油山各村的赤卫队袭击黄地厘金税卡。一时四方呼应，受尽剥削和压迫的劳苦大众拿起长矛、大刀、土枪、土炮，冒着风雪，勇敢地投入战斗。这次声势浩大的农民暴动，似山洪暴发，汹涌地冲向反动营垒，把国民党在农村的反动政权打得落花流水，共摧毁了 18 处厘金税卡，烧毁税册文件，没收厘金税卡的所有财物，缴获了一大批枪支。

2 月 18 日，在南雄农民暴动取得节节胜利的时候，中共南雄县委在黄坑圩召开了万人大会，参加大会的农民个个情绪激昂，打着红旗，唱着暴动歌曲："我们大家来暴动，消灭地主，农村闹革命……"大会宣布南雄县苏维埃政府成立。县及区苏维埃政府成立后，南雄的农民运动更加迅猛地发展，开展土地革命，进行"平田""平仓"运动，把地主豪绅的田地财产分给广大贫苦农民。贫苦农民分得胜利果实，兴高采烈，对新的苏维埃政府充满了热爱和信赖，农村各地到处红旗招展，暴动歌声响遍整个南雄大地，到处呈现出一派欢乐的景象。

南雄农民暴动的迅猛发展，被国民党反动派视为洪水猛兽。3月初，国民党反动军队陈学顺的一四〇团进驻南雄，向三区苏维埃进攻，曾昭秀等组织当地群众配合赤卫队主动出击，把敌人打得失魂落魄地逃回南雄城。3月13日，敌军向县苏维埃所在地上朔进攻，因敌我力量对比悬殊，上朔村被敌人攻陷，40多名革命群众壮烈牺牲。

曾昭秀等率领县苏维埃人员和赤卫队退出上朔后，经锦陂、乌迳、朱黄塘转移到弱过村。随即敌人也追至弱过，凭借优良武器，发起一次又一次的冲锋。县苏维埃人员和赤卫队凭弱过周围的土城墙和外围挖了许多陷坑，坑内插有铁耙齿等，充分利用三面临水的有利地形，在群众的大力支持下，同敌人浴血奋战。弱过村战斗坚持了三天三夜，打退了敌人数十次进攻。在没有外援、弹尽粮绝的情况下，为了保存革命力量，3月17日夜，曾昭秀等率领苏维埃政府人员和赤卫队及一些群众悄悄地退出弱过村，向桥背坑转移。

陈学顺派了一个连包围了县苏维埃政府主席曾昭秀的家乡湖口长庆围，凭其优势火力疯狂进攻。坚守长庆围的湖口赤卫队用土枪土炮同装备优良的敌人进行了殊死战斗，终因敌众我寡，长庆围被敌人用炸药炸开陷于敌手，十余名赤卫队员和革命群众壮烈牺牲。

由暴动发展起来的南雄游击队，在中共南雄县组织的领导下，长期在粤赣边界开展武装斗争，一直坚持到 1949 年，迎来解放战争的胜利。

螺岗举义旗

孔令淦

　　1927年8月下旬，中共广宁县委书记叶浩秀回到广宁，先后在石涧、荷木咀召开党员会议，传达中共中央八七会议精神和省委关于在全省开展秋收暴动的指示。会议决定，原来分散在江美坪隐蔽的同志返回原地活动，秘密组织和扩大武装队伍。我当时是农会干部，带领一部分武装人员回到了广宁县石涧，与其他同志一起进行恢复农会的秘密活动。在此期间，各地农军积极出击地主民团，收缴武器、钱粮，充实自己的力量。

　　12月，广州起义失败后，中共广东省委决定继续发动暴动，在西江、北江和南路从过去农民运动有基础的地区开始，造成一县或数县割据局面，形成包围广州的态势。1928年1月，省委进一步提出，在西江应以广宁和罗定为中心发动暴动。为加强广宁暴动的领导，省委派黄学增任广宁县委书记，并派出一批黄埔军校干部、学生，以及省港大罢工纠察队队员来到广宁工作。广宁县委随即在石涧召开全县农民代表会议，研究恢复和改组农军，组织力量暴动等问题。

会后，广宁县委对各地农军进行了整编，组成一支300多人的农民赤卫队。2月14日，县农会发出《告全体会员书》，号召全县农民积极起来参加武装暴动，没收地主一切土地，夺取区乡政权，建立苏维埃政府。

经过一段时间的准备，县委决定在回旋余地比较大的广宁县北部的螺岗举行暴动。根据县委和县农会的部署，隐蔽在螺岗、江美、富溪、上林狮村等地的300余名农民赤卫队员，在队长欧蛟的指挥下，于1928年2月25日武装进占螺岗圩，宣布暴动，没收了谷仓的几百石稻谷。随后，3000余名农民群众兴高采烈地从四乡赶到螺岗圩镇安府，参加了由县委组织的广宁县苏维埃政府成立大会，整个会场欢声雷动、旌旗招展，工农群众热烈地庆祝广宁县第一个红色政权的诞生，不断振臂高呼："实现全县的大暴动！""苏维埃政府万岁！""土地革命成功万岁！"

螺岗暴动的消息传到县城，广宁县国民党反动当局十分恐慌，调集广宁、高要、德庆三县联防民团，准备向螺岗"进剿"。由于敌情严重，县委一面组织农民赤卫队主动撤退，转移到扶溪、江美一带，一面派人在县城牵制和扰乱敌人。就在敌人出发前往螺岗的当天晚上，我地下党员秘密潜入县城，在敌人内部展开了活动，散发螺岗暴动传单，张贴县苏维埃政府布告，甚至在县城东门城楼上放了一把火，搅得敌人惊慌失措、草木皆兵，延滞了敌人向螺岗进犯的时间。

2月28日，反动民团抵达螺岗扑空，马上又掉头向扶溪、江美方向扑来。农民赤卫队占据江美附近山头严阵以待，面对敌人的反复冲杀，赤卫队员们沉着应战，英勇顽强地抗击敌人的进攻，把敌人一次又一次压到山脚下。敌军久攻不下，眼见天色将晚，便匆匆收兵回城。

第二天，反动民团600余人再次进犯江美。在欧蛟、高金、邱九等率领下，农民赤卫队分成三路迎击敌人。战斗正酣，江美的农会会员和群众一群群地走上附近山头，为农民赤卫队助威，他们一面用力"铛、铛、铛"地敲锣，一面大声叫喊"冲呀！""杀呀！"士气十分高昂。敌军被这突如其来的声势搅得心慌意乱，加之不熟悉地形，越战越心虚，被农民赤卫队毙伤十多人。战至傍晚，农民赤卫队为保存实力，不再与敌人纠缠，主动撤离江美，向石涧转移。敌军既不敢追击，也不敢再在这里待着，只好垂头丧气地抬着尸体和伤兵收队回县城了。

赤卫队到达石海的第三天，敌军追踪而至，在外围警戒的石涧农民武装与敌军展开激战。下午2点左右，敌军进入黄牛岗、下坳一带，当即陷入我军的三面夹击之中。战至晚上，我军由于兵力不足、弹药缺乏，被敌军窜入石涧街和涧安庙。当晚，敌我双方据守各自阵地，对峙了一夜。次日，敌方大批援军赶到，在敌众我寡的情况下，我军继续奋起作战，毙伤敌人十余名后，根据当前形势，认为不宜再坚持下去，便于当天下午3点，为保存实力，边战边向绥江下游的罗汶山区撤退。

经过江美和石涧的战斗，我参加暴动的队伍到达罗汶山区后只剩下100多人。根据县委决定，我们这支队伍分成小股活动，一部分与高要县农军会合，在广（宁）高（要）边境的大山开展游击斗争；一部分在绥江南岸设卡收税和袭击地主劣绅，锄奸筹粮，以维持生活，坚持斗争。3月间，广宁县国民党反动当局出动大批军队和民团在全县实行血腥镇压，坚持了一个多月的螺岗暴动遭到失败。

螺岗暴动虽然失败了，但它在竹乡这片土地上栽下了革命武装斗争的常青树。广宁县的革命斗争就像广宁县漫山遍野的竹笋，"野火烧不尽，春风吹又生"。

阮啸仙与仁化起义

蔡 鼎 蔡根正

1928 年农历正月初一，中共广东省委委员阮啸仙来到安岗领导仁化暴动。在他的主持下，于 1 月 27 日在禾坪岗召开董塘全区农民武装大会。他在大会上号召农民动员起来闹革命，打倒豪绅地主，铲平田基分田地。各乡参加大会的干部群众回去后立即行动起来，斗争土豪劣绅，没收他们的枪支和粮食，并铲平了一部分田基准备分田。

武装大会的第二天，在安岗乡思治堂召开大会，成立苏维埃政府。大会由阮啸仙主持，他强调安岗苏维埃是仁化县第一个工农革命政府，一定要建设好，为全县做出榜样。大会开得庄严隆重，敲锣打鼓，会场四壁贴了许多标语，大门口还贴上一副对联："实现土地革命，完成世界大同。"对联的字，是由朱德部队留下来的蒋国杰所写。

1 月 31 日晚上，安岗乡召开党员大会，成立中共安岗支部，当时有 40 多人举行入党宣誓仪式，誓词是："牺牲个人，努力拼搏，服从组织，阶级斗争，严守秘密，永不叛党。"会议决定，以安岗为中心，发展革命武装队伍，改编安岗赤卫队，尔后发动全县农民举行武装大暴动。其后，阮啸仙又召集第四独立团开会，进行军事演习，把番号改为广东工农革命军北路第八独立团，并由该团担负起训练各乡农民武装的任务，以及一起发动"仁化暴动"的重任。

2月9日，国民党仁化县清党委员会主任谢梅生与豪绅地主黄阳春、邓约三，勾结土匪头目周文山、何月秋和地主武装，共500多人，分两路围攻董塘区农会和安岗苏维埃。我第八独立团立即予以迎头痛击，在赤卫队和人民群众配合支援下，经过一个多小时战斗将敌人打退。10日，县委召开董塘全区代表大会，正式成立董塘区苏维埃政府，同时成立了仁化县革命委员会。董塘区苏维埃和革命委员会的诞生，震慑了国民党反动派，仁化县县长黄齐明逃往广州，守城军警、民团也成惊弓之鸟，闻风而逃。阮啸仙认为发展革命形势十分有利，县委和县革命委员会做出攻打县城的决定。

2月13日早晨，第八独立团部分武装、农民代表、工人代表、少年先锋队代表和500多名拿大刀扛锄把的农民，组成攻城队伍，浩浩荡荡开进县城，占领仁化县府，火烧衙门公所，活捉邮政局局长，缴获一批物资。同时贴出安民布告，宣传苏维埃和革命委员会的宗旨，号召全县人民行动起来闹革命，打倒国民党反动派，保卫自己的工农政府苏维埃。攻城目的达到后，我们的队伍于当天下午，胜利回师董塘。

为报复我工农武装发动的革命暴动，国民党仁化县"清党"委员会主任谢梅生纠集各地的土匪、民团武装千余人，于2月14日、15日兵分四路向新生的革命政权疯狂反扑。阮啸仙亲自指挥第八独立团奋起还击，击退敌人三次冲锋，但敌我力量悬殊，战斗到当天中午，为了保存革命力量，我军便且战且退，很多革命乡村被敌攻占。

当时董塘区苏维埃和县革命委员会主动撤到艮场坪，在鸡仔叫村遇上敌人，我方虽只有十多人，但带有七面红旗，还有土造大炮，在战况激烈危急中，我们举起七面红旗，并发射大炮，以虚张声势迷惑敌人，敌人不知虚实不敢穷追。石塘农会闻讯，由李载基率领农军四五十人驰来援救，很快粉碎了敌人的中路进攻。其他方向上的战斗情势也十分险恶，阮啸仙决定挑英勇善战的指战员数十人，组成三路冲锋队，向敌人发起猛烈冲锋，很快把敌人打散，转败为胜。第二天，敌人又凑集几百名民团、土匪再次反扑，我第八独立团和各乡农民武装一齐出动反击，再次打得敌人晕头转向狼狈逃窜。

仁化农民暴动取得节节胜利，震惊了国民党广东省反动当局。李济深命令国民党军第十六军军长范石生，于2月17日指派黄甲本的第一三六团驻防仁化，并包围了董塘、安岗。阮啸仙指挥第八独立团100多人和群众上千人，据守华阳寨。后来敌军又增调第一三八团来仁化，还纠集地方反动武装 1000 多人，全面进攻我区乡农会。

在敌我力量悬殊、形势十分危急情况下，阮啸仙当机立断，派人前往韶州找北江特委请援，同时严词拒绝了敌人的劝降恐吓。在敌人恼羞成怒再次武力攻打华阳寨时，寨内军民奋起应战，激战四五天，打退了敌人的多次进攻。

在援兵未到的情况下，阮啸仙提出要亲自去北江特委商量对策，以决定下步行动，并说如果七天之后他不回来，就让我们不要等待，可以伺机突围隐蔽，上山打游击。2 月 29 日深夜，战士们用箩绳把阮啸仙及党员干部谭新铃等四人吊出寨外。后来谭新铃完成任务在返回仁化途中被敌人杀害，阮啸仙因敌人重兵封锁道路不能返回仁化。

阮啸仙离开仁化后，华阳寨的军民在蔡卓文领导下，继续坚持战斗，击退了敌人多次进攻。在我守寨半个多月，又经过了几场大的战斗，实力受到很大的损耗，又缺少弹药、援兵又未见到的情况下，为了保存革命武装和群众生命安全，遵照阮啸仙临行前的指示，3 月 12 日晚上趁着天下大雨的有利时机，寨内军民从西北角凿墙顺利突围。

红二师在海陆丰

刘立道

南昌起义部队于 1927 年 8 月 3 日至 5 日撤出南昌，向广东进发，9 月间进入广东东江潮汕地区。由于沿途不断作战，部队减员很多，周恩来同志派我去海陆丰发动农民参军。我到达海丰黄羌圩，与海陆丰县委书记张善铭同志研究后，决定由县委发出号召，动员群众参加革命队伍。

海陆丰的农民在国民党反动派叛变革命后，已与反动军队和民团苦斗了几个月，得知革命军来到东江，无不欢欣鼓舞。因此，当县委发出参军号召后，各区农民纷纷响应，星夜赶来报名者有 1000 余人。林道文即刻带领参军农民去潮汕，不料行抵揭阳县河婆圩时，闻听革命军在揭阳汤坑一带激战后失利，我们只得带领参军农民返回原地。

革命军失败后，一部分约 2000 人由朱德、陈毅等同志率领，从三河坝经闽赣粤边境到达潮南地区开展游击战争。另一部分约 1000 人由董正荣率领，经普宁、惠来到达陆丰碣石溪，队伍沿途同敌人激战多次损失很大，仅余500人左右，于10月中旬进驻海（丰）、陆（丰）、惠（东）、紫（金）几县交界的中峒。休息几天以后，应紫金县南岭农民的要求，于10月17日晚到南岭打钟姓地主。部队由董正荣指挥，地方党政负责同志带领农民一同前往协助作战。

18日拂晓，先头部队到达南岭，与地主武装接触，敌人占领了屋后的山头阵地，居高临下，我军无法接近进攻目标地主的炮楼。于是先派出一个连兵力猛攻敌人高山阵地，经过激战占领了全部高地，但地主武装却缩进炮楼去了。炮楼十分坚固，我军攻打炮楼的装备不足，没有重武器，数次攻至炮楼都无法攻破，遂于天黑后向炮子圩撤退。

19日，在炮子圩休息了一天，20日仍回到中峒。回到中峒后，海丰县委传达了南方局从香港发来的指示，将到达海陆丰的革命军编为中国工农革命军第二师，但海陆丰革命部队只有500人左右，不足一个师的编制，所以编为一个团，称为中国工农革命军第四团，下辖2个营，以随同部队到来的董朗同志为团长（率领部队到海陆丰的董正荣不是共产党员，部队打南岭转回中峒以后，根据本人要求，党送他到香港去了），张宝光同志为第一营营长，我任第二营营长。

工农革命军第四团成立后，在中峒整训和补充装备。工农革命军的成立引起海陆丰各地敌人的恐惧，反革命军队团长陈学顺企图进攻黄羌圩，来个先发制人。我军事先得到了农民报告，做了充分准备。

10 月末，陈学顺率其全部及民团共 1000 余人，向黄羌圩进攻，我工农革命军第二营给予迎头痛击，附近农民也纷纷赶来助战，吹号鸣锣一齐杀来，我军气势十分旺盛，反革命军队一开始就慌乱异常溃不成军，在我军猛追猛打下向海丰县城逃窜。我第二营追至海丰县城，敌人又弃城向陆丰方面逃窜，我军于 10 月 29 日黄昏占领海丰县城。

10 月 31 日，海丰县委和我军第四团团部及第一营都到了海丰县城，建立了海丰县临时革命政府。随即决定收复海陆丰各城镇，董朗团长亲率第一营向海丰捷胜镇进攻，我率第二营向陆丰城进攻，我军占领陆丰县城后建立陆丰县临时革命政府，占领捷胜镇后将捷胜改名为"红胜"。

反动军队陈学顺、戴可雄等部和陆丰地主武装及一些反动地主全部撤至碣石，碣石成了海陆丰反动势力的最后堡垒。我第二营奉命向碣石进攻，董团长亲自指挥，我军于 11 月 3 日拂晓开始攻击，占领了城郊一带阵地和南门大街，但由于敌人设防坚固，我军缺乏重武器，市区经围攻数天终不能下，我军牺牲排长 1 人、战士 10 余人，我也负了伤。

11 月初，海丰、陆丰两县相继召开工农兵代表会议，正式成立海丰县苏维埃政府和陆丰县苏维埃政府。海陆丰革命政权建立后，中共中央南方局派颜昌颐、王备、黄雍等同志到东江组织东江特委，扩编中国工农革命军第四团为中国工农革命军第二师，由董朗同志任第二师师长，颜昌颐同志以东江特委委员身份兼任第二师党代表。

中共东江特委在海丰成立后，接着就召开了东江农民代表大会，海丰、陆丰、惠阳、紫金、五华、普宁、惠来等县代表共 200 余人出席，大会号召拥护中共中央八七会议的决定，实行土地革命，并制定了具体的政策。工会、妇女会、少先队、儿童团和一切群众组织的活动都开展起来，工农劳动大众真正掌握了自己的政权。

在东江农民进行大规模土地革命的时候，广州起义失败后部分部队向东江方面撤退，东江特委军委会派我率第五团前往紫金县接应，广州起义部队约五六百人安全到达后编为中国工农革命军第四师，叶镛同志任师长，袁国平同志任党代表，第四师与第二师协同作战，从此海陆丰的革命声威更盛。

1928 年初，大革命初逃到香港的陈炯明余孽钟秀南、蔡腾辉等在英帝国主义香港政府的帮助下，率 1000 余人侵入陆丰边境骚扰，为我军第五团击败。但钟秀南等还不甘心失败，又窜犯惠阳县边境，遭我农民赤卫队彭桂部迎头痛击。因敌人常潜入陆丰方面捣乱，威胁革命政权，东江特委乃派红四师至陆丰保卫革命政权。

1928 年 2 月间，国民党当局调集广东反革命军队 3 个师的兵力，由余汉谋、李振球、邓彦华等率领分三路向海陆丰进犯，并派海军舰队到海丰汕尾和陆丰碣石各地助战；钟秀南、蔡腾辉等在英帝国主义的资助下，再次潜入海陆丰境内骚扰。我军虽然作战很英勇，终因众寡悬殊伤亡过多，与敌人苦战三昼夜后被迫退出海陆丰县城，进入中峒山、碣石山、朝面山、黄羌圩、杨梅水、炮子圩一带山中开展游击战争。

革命军退出海陆丰县城后，敌人天天对我军"围剿"，并实行了经济封锁，我军因牺牲、负伤和疾病不断减员，粮食、弹药、医药供给都成了问题，处于极其困难的境地。在这样的困境下，东江特委执行了以城市暴动为"中心及指导"的"左"倾盲动主义政策，要我军继续夺取城市，使部队受到很大的损失，农村政权也逐渐缩小了。

是年秋，党派广东省委的陈郁到海陆丰视察，东江特委召集各地负责同志开会，决定将部队化整为零，和广大的农民结合在一起，平时帮助农民从事生产，战时持枪和敌人作战。革命军战士分散到农村后，成为革命的骨干力量，和农民打成了一片，在农村中播下了种、生了根，为抗战时期党领导的东江纵队的建立准备了条件。

坚持东江游击战争

徐向前

1927 年 12 月 11 日爆发广州起义，当时我在工人赤卫队第六联队任联队长，参加了攻打警察局和观音山等战斗。由于敌众我寡和缺乏经验，起义遭到了失败，我到起义军总指挥部去没有找到人，听说部队已撤往花县，便和几个同志一起出城去追赶部队。

离开广州后，我们一气赶到太和圩，追上了教导团的队伍，继续向花县进军，傍晚到花县，城里的敌人已闻风而逃。部队在花县停了三天，整编队伍，讨论行动方针。部队编为一个师，叶镛当师长、袁国平当党代表。在一所学校里，大家开会研究如何给这支部队命名，当时第一师是朱德领导的南昌起义部队，第二师是海陆丰一带的另一支南昌起义部队，第三师是琼崖游击队改编的，最后大家确定我们叫第四师，下辖第十、第十一、第十二团，我任第十团党代表。组织成立后，我把从起义指挥部拿来的银毫子全部交公，部队是仓促撤出的，经费十分困难。

部队下一步到哪里去？花县离广州太近，又靠铁路线，肯定不行。有的主张去北面的韶关，有的主张去海陆丰。听说朱德的队伍在韶关一带活动，多数人主张去同他们会合，于是派人去联络。部队在花县，每天都有地主民团来攻，师里要我负责指挥打民团。那些地主民团滑得很，一天来攻好几次，我们要是不理他，就呼噜呼噜地来一片，噼噼啪啪乱打枪；我们要是一打，他们就跑。有时我们正吃着饭，民团来了，部队扔下饭碗就去打，刚打定他们，一会儿又来了，又得去打。他们熟悉地形，零敲碎打，跑得又快，我们有时也追击一下，但追得不太远，怕中埋伏。我们把打民团的战术叫作"打狗战术"，意思是别看他来势汹汹，你抄起棍子去打，它们就夹着尾巴逃跑了。

师部三次派人去韶关，都没找到朱德的队伍，第三天晚上才决定去海陆丰，会合第二师。走了半个多月，经从化、良口、龙门、杭子坦，绕道蓝口附近渡东江，南下进入罗浮山脉东侧的紫金县境。途中，有些民团怕我们，在村边插着木牌，写上"欢迎来境，欢送过境"的大字，我们就交代政策分化敌人；遇上反动民团的袭扰、顽抗，则狠狠地打，绝不留情。广东是大革命的发源地，群众心向革命，我军每到一地都受到群众的热情接待和支援，对士气鼓舞很大。

紫金县县城敌军不多，县长邱国忠极其反动。起义军撤出广州后，他坐卧不宁，屡电广州反动政府求援增兵。当我军进入县城附近的黄花村时，邱误认为是广州的援兵，派人出城联路。我们将计就计冒充"援兵"进城。那天上午，我军队列整齐开赴县城，邱国忠带着县府的大小官员来到城外躬身欢迎，我们不费一枪一弹将他们活捉，占领了紫金县县城，邱国忠经群众公审后枪决。

1928年元旦，第四师抵海丰县城，受到中共东江特委和当地群众的热情欢迎和慰问。群众听说我们是从广州下来的革命军，热情万分，家家让房子，烧水做饭，像亲人久别重逢一样。为欢迎第四师，东江特委在县城广场上召开了1万多人的群众大会，特委书记彭湃发表了热情洋溢的讲话，他说："这算不了什么，我们共产党人，从来不畏困难，失败了再干，跌倒了爬起来，革命总有一天会成功的。"他富有鼓动性的讲话，博得了一阵阵的热烈掌声。接着，第二师和第四师又胜利会合，从此这两支年轻的红军队伍在东江特委的领导下并肩战斗，揭开了东江游击战争的新篇章。

第二师、第四师会合后，海陆丰地区的革命力量进一步增强，群众斗争情绪高涨，东江特委决定迅速扩大红区，由第二师北向紫金、五华地区发展，第四师东向普宁、惠来地区发展，以便控制西起东江、东至潮汕、北起梅南、南至沿海的大片区域。

这时我调任第四师参谋长，部队在海丰城里驻了三天即奉令东进。部队先到陆丰，那里的反动派已跑光，不战而克，接下来打甲子港，防守的地主民团依托土工事顽抗，不过他们的装备不行，扔的炸弹是土造的，炸开来很响，里面多是碎玻璃，杀伤力不大。我们强攻了几次，很快就解决了战斗。继而攻打果陇，打了三天牺牲了二三十个同志才攻下来，从而使陆丰和普宁连成了一片。我们一路下去，尽是和民团打来打去，几乎天天有仗打。这时，国民党的"进剿"就来临了，敌人从广州派出两个军的兵力，加上军舰控制海面，从西、北、南三面围攻海丰，彭湃同志组织当地军民奋起反击，因事前对敌人的"进剿"缺乏必要准备，敌众我寡，守了几天，被迫退出了该城。

那边丢了海丰，这边就去打惠来。围了几天后，彭湃和他爱人都来了，他爱人姓徐，也是共产党员，怀里还抱着个吃奶的孩子。彭湃急着拿下惠来，要领着人去爬城楼，他爱人也要把孩子扔下和他一起去。这样太危险，我们不同意，组织队伍强攻了一下，打死敌军一个团长，敌人就跑了。

"进剿"的敌人继续压过来，我们在惠来城待不下去了，便转移到普宁山区的三坑。我们是在平原待不住才进山里来的，敌众我寡，不进山就不能保存现有力量。但特委不同意，提出了"反对上山主义"的口号，非要把部队拉下山去同敌人硬拼不可。敌人的围攻一天天紧迫，我们的处境一天天困难，部队有耗无补越打越少，处境越来越困难。5月间，特委召开会议讨论行动方针，我们都认为这个地方南面靠海，东临平原，山也不大，机动余地小，再待下去不是办法。应当拉到粤赣边界去打游击，那里是两省交界的地方，山多山大，有较充分的活动余地，不容易被敌人消灭掉；待看准机会就咬敌人一口，能慢慢地补充和发展自己。然而特委的同志不同意，要部队回到海丰去。我们第二师、第四师根据特委决定一道回去攻打海丰，攻进城里占领了小部分地方，再啃就啃不下去，没有办法又退出城来转到海丰附近的山里去。

敌军整天搜山、放火、杀害群众，我们的处境日趋艰难，只好分散游击。人越搞越少，有的是战斗中牺牲的，有的是被敌人抓住杀掉的，有的是病死的，有的是负伤没药治疗死去的，有的是活活饿死的，有的是被山洪暴发卷走的……没有粮食吃，靠挖野菜度日，红薯叶子算是上等食品，稀罕得很；没有房子住，临时搭个草棚避避风雨，后来因怕暴露目标，连草栅子也不搭，净住树林、草堆；蚊虫极多，害病的同志不少，又没有药治。整天和敌人周旋，他们来东山，我们上西山；他们来西山，我们又转回东山，一些病号走慢了就被敌人抓去。我在一次战斗中腿部负了伤，天气炎热伤口化脓，多亏医生采了些中草药敷上，过了个把月伤口才愈合。6月中旬，叶镛师长因患严重疟疾不能行走，隐蔽在一个地方被敌人搜出杀害了。他为人正直，作战勇敢，对东江游击战争做出了积极贡献，遇害时年仅二十几岁。此后，由我任第四师师长，带着一二百人继续坚持斗争，到年底只剩下了我们几十个人。

7、8月间，中共广东省委派陈郁同志来了解情况，他感慨地说:"省委的同志只知道你们处境艰难,想不到难到这个地步!"他传达了省委对形势的分析,认为革命处于低潮时期,分批转移、保存力量乃是唯一出路。东江游击战争遂告一段落。

八乡山战斗[*]

古 连

工农革命军保卫海陆丰作战失利后，广东反动军队的气焰更加嚣张起来，不断地向革命根据地疯狂进攻。当时领导东江地区斗争的同志，在敌我力量悬殊的情况下，不得不分散各地，进行隐蔽活动。

1928年春天，党派我们几个人在八乡山区的马屋山乡和小溪乡等地开展工作。这里是贫困的山区，一共只有50多户人家，100多口人，一年到头受着地主残酷的剥削。我们一到这里，很快就组织了贫农自救会、赤卫队、妇女会、童子军，轰轰烈烈地向地主进行免租、免债、免税的斗争。

地主廖少周当然不甘心失败，在1929年3月下旬跑到丰顺县政府报告，县府勾结驻汤坑的国民党军叶团，委派当地恶霸黄夺标为汤坑民团团长，带着民团和叶团的一部共

---

* 本文原标题为《八乡山第一仗》，收录时做了适当修改。

200 多人，耀武扬威地"围剿"我们来了。

　　几天前，"交通"就送来了敌人行动的情报。可是，我们只有几个人，三支驳壳枪，其中还有一支是坏的，100 多发子弹，哪能挡住这么多装备很好的敌人呢？情况相当严重，一定要以智取胜。于是我们和两个乡的农会、妇女会、赤卫队的负责人，一起研究了伏击敌人的计划，决定在南溪到小溪中间那条狭小崎岖的山道上伏击敌人，那是敌人要"围剿"我们的必经之路，是伏击敌人的好战场。

　　群众一听说地主来反攻倒算，个个义愤填膺摩拳擦掌，立时集合了七八十个强壮的农民，编了一支"火枪队"，带上八支打猎的粉枪；还编了三支"田刀队"，带着田刀、长矛和挑柴用的尖棒。对着这样装备的队伍，战斗总指挥兴致勃勃地讲话了："同志们，我们的武器是不够理想，没有枪，可敌人有，咱们去缴，谁缴的归谁用。不过，打仗可不比赶集，不能乱，也不能慌，一定要听指挥。"他的讲话很是鼓舞士气，群众都很高兴，异口同声地说："行啊！"

　　队伍组织好了，就分头准备打仗。军事教员李斌同志带着妇女、儿童和老人们去修工事，他们在两面高山顶和陡坡上堆起了很多大石头，用树枝、竹子、山藤拦着，只要砍断山藤，山石就会自动地向山下砸去。

　　经过两天日夜不停地紧张工作，一切安排就绪，总指挥向群众宣布了战斗命令：古松柏同志负责一支田刀队，隐蔽在下岭堵击敌人；我带另一支田刀队隐蔽在上岭，截断敌人退路，两队呼应，形成夹击之势；第三支田刀队埋伏在山石滚不到的地方，待机冲杀那些石下余生的敌人。就连配合的群众也分配了具体任务，妇女负责割断山藤、放滚石，老人和儿童在两面山顶擂鼓呐喊助威。火枪队分到各队配合作战。

1929 年 4 月 2 日早晨，"交通"又送来了敌人昨日晚从汤坑出发的情报。5 点左右，我们男女老少都在指定地点埋伏好了。山岭一片枯黄，阵风吹过松林竹丛瑟瑟作响，大约在 7 点敌人大模大样地进入了南溪山口。汤坑恶霸黄夺标在几个狗腿子簇拥下，骑着马走在前头，他大概以为我们几个人早已吓跑，后面一列长长的队伍荷枪朝山沟里拥来。

忽然，山上响起了清脆的号声，山腰冒起了一股浓烟，火枪响了，黄夺标仰身一翻滚下马来。两面山上的妇女割断山藤放了滚石，随着暴风骤雨似的声响，石头卷着黄尘滚滚而下，真像天塌下来一样。四面的杀声、火枪声、锣鼓声、海螺声响成了一片，汇成强大的声浪，震撼得山谷颤抖，吓得敌人抱着头惊慌失措乱成一团。我们的火枪猛烈齐射，敌人还来不及弄清怎么回事，便倒下了一大片。

我看这正是冲锋的好时机，于是举起驳壳枪，向田刀队员们大喊一声："同志们，冲啊！"就纵身由草丛中跃出，开枪打倒几个企图逃跑的敌人，田刀队员们扬起田刀、长矛、尖棒冲将上去左挥右砍，真有猛虎入羊群之势。敌人像热锅上的蚂蚁东西乱闯，里边的往外跑，外边的向里拥，昏头昏脑挤在一起。他们有的被木棒打倒了，有的被田刀劈死了，更有的被自己的马踏死了，剩下一些活的往石头滚不到的地方逃命去了，可是正遇上埋伏好的田刀队，又杀得他们落花流水。中午，收兵号响起来了，山沟里的群众高声欢呼，200 多敌人大部做了石下之鬼，一部分当了俘虏，只有几十个侥幸钻了出去，跑回报丧去了。

我们搬着敌人送来的全部胜利品满载而归。回到乡里，留守的妇女早做好了饭，欢天喜地跑来叫我们回去会个胜利餐。这是我们进入八乡山区建立根据地后的第一仗，也是一次出色的战斗，突出地显示出群众力量的伟大。"星星之火，可以燎原"。从此，红十一军就在这里生长壮大起来，在人民群众配合下开展武装斗争。

全琼总暴动第一仗

程丹山

  1927 年 9 月上旬，中共琼崖特委书记杨善集在乐会县第四区主持召开军事会议，总结几个月来开展武装斗争的经验，决定于 9 月发动全琼武装总暴动（亦称全琼一周总暴动或琼崖武装起义）。这次总暴动拟先集中兵力攻打琼崖东部重镇嘉积，发动琼崖东路的暴动，然后举行全琼各地暴动。

  位于万泉河南岸、距嘉积 16 公里的椰子寨，是乐会四区和定安七区通往嘉积的交通要道，驻扎着朱振球、李文辉两股土匪编成的乡团。特委遂决定由琼崖肃反委员会主席王文明率领琼山、定安两县的讨逆革命军，由杨善集和讨逆革命军副司令员陈永芹率领万宁、乐会两县的讨逆革命军，于 9 月 23 日黎明合攻椰子寨。

  21 日中午，王文明从定安县第七区的马鞍岭派人捎来一封信，命我和王绍荫迅速把信送往乐会县第四区特委驻地，交给杨善集同志。当时，由于接连几天下大雨，万泉河水暴涨，道路泥泞难走，特别是路上还要通过一段国民党控制很严的地区，完成任务很困难。我深知这封信的分量有多重，接信后立即找来几位可靠的船工，顶着急流险浪，强行渡过万泉河。登岸后，又下起了滂沱大雨，我俩被淋成落汤鸡，冷得口唇发紫，想到杨善集急等着王文明的信，便顶风冒雨踩着泥泞的道路往前疾走。在白茫茫的雨幕掩护下，我们安全地越过了敌人的控制区，进入山区安全地带。我们忍着饥饿、疲劳，翻山越岭，跨沟过坎，好不容易到达了马田村。此时，天已经黑下来了。吃过晚饭，雨还在淅淅沥沥下个不停，屋外黑得伸手不见五指，无法再赶路，我们只好留在马田村过夜。第二天一大早，我们起床后，连早饭也没吃就上路了，9点钟左右到达了特委驻地。杨善集接信后，当天下午就集合部队向椰子寨方向出发了。

22日晚，杨善集、陈永芹率领的一路部队到达祖涌村宿营，王文明率领的一路部队在万泉河边和椰子寨对岸的丹村驻下，两路部队预先约定：半夜悄悄靠近椰子寨，一齐发起攻击。下半夜，鸡刚叫过头轮，杨善集就率领部队从祖涌村出发了。道路泥泞奇滑，部队行进缓慢，到达椰子寨时天已大亮。王文明率领的部队驻在丹村，与椰子寨仅一河之隔。下半夜，他们趁黑偷渡过河，接近了椰子寨圩。23日天刚麻麻亮，王文明率领的讨逆军首先向椰子寨之敌发起了猛烈的进攻，朱振球、李文辉30多人的乡团武装抵抗了一阵子，纷纷作鸟兽散，讨逆革命军很快攻占了椰子寨。杨善集率领的部队也很快到达，两路部队在椰子寨圩东门外胜利会师，许多老百姓前来慰问，军民沉浸在胜利的喜悦之中。

椰子寨被攻克之后，杨善集和王文明分析：驻在万泉河下游的嘉积之敌必然要向椰子寨反扑。为了避敌锋芒、保存自己实力，更好地消灭敌人，王文明提议：立即撤离椰子寨，渡河到丹村后再计划下一步的行动。杨善集则认为：既然已决定了要发动全琼武装总暴动，而首战又是打嘉积，嘉积敌人来了正好打他，不必撤兵丹村。他激昂地说："敌人反扑没有什么可怕的，让他来吧！来多少就打多少。"最后，杨善集还是尊重了王文明的意见，对王文明说："你把部队撤过河去吧，我留在这里，你尽管放心，我会视情况处置的。"于是，王文明率领两个连撤到河西去了。

一夜的行军作战，干部战士已有些疲劳，为了还击敌人的反扑，杨善集留下一个连在椰子寨弄饭吃，继续做好作战准备。他和副司令员陈永芹率领一个连到椰子寨外 4 公里处的加所坡警戒，观察敌人的动静，以便部署下一步作战行动。

在杨善集率领部队到达加所坡不久，驻琼国民党军第三十三团营长廖尊一和商团队长颜植南带领着三四十个人，乘两辆汽车向椰子寨扑来，驶至离加所坡不远的土城铺子后，下车向加所坡发起了进攻。在加所坡，我们除有一个连外，还有前来助战的群众，他们手执粉枪、长矛、棍棒，配合部队作战。

战士们英勇顽强地抗击敌人，接连打退了敌人数次进攻。但我们的装备太差，子弹又缺乏，打了一段时间后，开始出现伤亡，椰子寨暴动副指挥王天骏负重伤被抬下了火线。战斗越打越激烈，杨善集站在双棺墓土堆上，唱着《国际歌》指挥战斗。由于敌我双方力量悬殊，形势渐渐对我不利。于是，杨善集下达了撤退的命令，并决定自己留下来掩护。同志们劝他先撤下去，他说："大家快撤，我来掩护。我有办法对付敌人。万一出现意外，为了革命，死了也是光荣的！"

部队和群众安全撤离了，可是杨善集和留下负责掩护的同志却被敌人死死缠住无法摆脱，他始终站在那座双棺墓上指挥战斗，不断用手枪射击冲上来的敌人。由于杨善集戴着一顶白色软边西帽，脖子上系着红布条，敌人认准他是指挥员，便集中火力向他射击，他不幸中弹倒下了。陈永芹也因子弹打尽而被敌人包围俘获，敌人想将陈永芹押回领赏，但他视死如归，英勇地和敌人进行搏斗，打伤了好几个敌人，敌人恼羞成怒，凶狠地枪杀了他。

留在椰子寨的那个连队听到加所坡的枪声后，急速从大墩沟西侧的近路赶来支援。但不巧，大墩沟水涨流急，又无船可渡，战士们急得团团转，有几个战士试着泅渡，但都被急流冲走了。加所坡方向的枪声逐渐稀疏，最后完全停息了，大家知道情况不妙，如果冒险前往，必然会造成更大的损失，于是便转头向白石岭方向退去。部队在到达白石岭后，不见有人带来杨善集、陈永芹同志的消息，便立即挑选比较好的枪支和强悍的战士组成一个排，返回加所坡寻找。他们在加所坡双棺墓处找到了杨善集同志的遗体，他的驳壳枪柄已被打断了。陈永芹同志的遗体当时没有找到，后来被当地群众在离加所坡不远的地方发现，将其掩埋了。

全琼武装总暴动的第一仗椰子寨战斗受到了挫折，琼崖特委认真总结了这一教训。后来，东路、中路、西路工农武装分兵作战，取得了节节胜利，各地苏维埃政权纷纷建立，琼崖革命斗争进入了高潮。由于椰子寨一仗的意义和影响重大，光辉的 9 月 23 日，成了琼崖革命武装的诞生日。

陵水红军的建立和琼崖第一个苏维埃政权

陈蕃姚

1927 年 7 月，我在琼崖讨逆革命军第八路军第一小队当政训员。第八路军以共产党员和陵水县农运训练所师生为骨干，以黎族青年为主体，于 11 月改编为琼崖工农革命军东路军之一部。1928 年 2 月，抽调 120 余人编到琼崖工农红军东路第一营。1930 年 8 月，陵水工农武装又与驻陵起义之国民党海军陆战队第五连会合，编为中国工农红军琼崖独立师第三团三营。

1926 年春，中共陵水地方党小组成立。在党的领导下，陵水农民运动如火如荼，当时我 17 岁，在陵水中区农民协会当委员。9 月中旬，受中区农民协会的选派，到陵水县农运训练所受训。1927 年 4 月 12 日，蒋介石在上海发动反革命政变，4 月 22 日反革命大屠杀扩展到海南岛，紧要关头，陵水党组织带回中共琼崖地委关于"避免大屠杀，保存革命力量"的指示，于当天下午将党组织和农运训练所师生 120

多人撤出西区坡村。

5 月，根据斗争的需要，陵水县农民自卫军在西区坡村成立，总指挥王昭夷（黎族）、副总指挥吴中育、党代表黄振士（黎族），全军 700 余人，设西、北两路军指挥部，共产党员和农运训练所师生分别安排在总部和分部担任军政指导工作。陵水县农民自卫军的建立，引起土匪、民团的惊慌，陵水反动县长邱海云、民团头子钟英纠集土匪、民团 300 多人向我坡村据点进攻，我农军在黄振士、王昭夷等人指挥下，士气高昂，土枪土炮一齐开火，打得敌人丢盔弃甲狼狈逃窜。

6 月，中共琼崖地委改为琼崖特委。6 月下旬，琼崖特委遵照广东省委关于"以红色恐怖镇压反革命白色恐怖"的指示，派特委委员何毅等带一个短枪班到陵水坡村指导军政建设工作，进一步筹建县委，组织农民武装暴动。7 月初，中共陵水县委成立，由黄振士任书记，并按中共琼崖特委指示将陵水县农民自卫军改称为琼崖讨逆革命军第八路军，王昭夷为司令，黄振士为党代表，共有 12 个小队，我被任命为第一小队政训员。7 月 11 日，琼崖讨逆革命军第八路军和群众 1000 余人攻打陵水县城，因城里守敌较强，激战一小时后我军伤 70 余人，被迫撤退。17 日，敌人主力调往万宁防守，城里只有保安队和中区民团共 300 多人，琼崖讨逆革命军第八路军和群众七八百人，兵分三路再次攻打陵水县城。我们来到城墙下，立即搭起人梯，在后续部队掩护和援助下发起猛攻，一鼓作气攻进城去，敌人在我军猛烈进攻下纷纷向城北门逃窜，经过两个多小时激战，击溃守敌占领县城。21 日，在陵城镇成立了琼崖第一个工农民主政权——陵水县人民政府。25 日，敌人纠集重兵从万宁开来，对新生的人民政权进行反扑。为了保存革命力量，陵水县党政军机关撤离县城，到农村坚持斗争。

1927 年 11 月上旬，中共琼崖特委在乐会召开扩大会议，进一步传达贯彻党的八七会议精神，决定在琼崖扩大武装暴动，实行土地革命，创建红色政权。会议还决定将琼崖讨逆革命军改称为琼崖工农革命军，取消每县为一路军的番号，分设东、中、西三路总指挥部。根据琼崖特委的指示，中共陵水县委决定再次攻打陵水县城。11 月 25 日，陵水工农革命军和 1000 多农军，势如破竹，一举攻占了县城。当天下午 4 点，徐成章率领琼崖特委党政干部和东路工农革命军也抵达县城，受到陵水军民的热烈欢迎。12 月 16 日，琼崖第一个苏维埃政权——陵水县苏维埃政府成立，在政治上、经济上、文化上提出了一系列新的主张。

1927 年 12 月下旬，陵水县工农兵干部学校在陵城圣殿创办，全琼各县选派优秀工农武装骨干分子来陵水受训，主要学习政治、时事、军事课程，先后共培训军事骨干 200 余人。同时，根据琼崖特委指示，各县工农武装进行整编，到 12 月底陵水武装组织发展到 2000 多人，县有赤卫队，区有常备队，乡有后备队，并在琼崖东路工农革命军指导和帮助下，全县分为东、西、南、北、中5个区武装常备队、29个乡武装后备队，还成立陵水县工农武装基干连。

1928年2月，根据琼崖特委指示，琼崖工农革命军改称为琼崖工农红军，陵水县工农武装基干连编入琼崖工农红军东路军第一营。二三月间，我东路红军在徐成章、刘明夏的率领下，扫除了新村港、朝美山、大凌坡及喃槽一带残敌，并参加了攻打藤桥、三亚、榆林和万城与分界圩等战斗，后因战斗失利，东路军总指挥徐成章牺牲，100多名红军战士也在大阳河一带与敌激战中流尽了最后一滴血。这年春，国民党军蔡廷锴部来琼，对我苏区进行"围剿"，我陵水工农武装和党政机关撤至北区的港坡、马村、彭谷园和西区的东光4个主要据点与敌对抗，500多名干部战士先后为保卫新生的苏维埃政权而壮烈牺牲。

1929年秋，中共琼崖特委特派员黄振士回陵水、崖县进行恢复两县县委的组织工作，陵水县工农武装又重新恢复，并迅速发展到1000多人，全县成立了4个指挥部，积极出击打击敌人。1930年春，我们县武装基干队60余人，在黄振士的率领下在西区南仰沟伏击，打死陵水县"剿共"副总指挥、叛徒吴中育及10余名兵丁；接着又袭击了中区反动民团团部，使敌人龟缩老巢不敢轻易出动；同时派李亚光、黄光焘等30多人到特委驻地领回50支枪，抽调90多人编成一个红军连。1930年秋，党组织派李亚光和黄光焘潜入陵城，做国民党驻陵水海军陆战队第五连二排长陈平的工作，策动陆战队一个连起义，陵水工农武装抽调 300 余人与起义连合并，编为中国工农红军琼崖独立师第三团三营。8 月 14 日，陵水工农武装和新编红军第三营又一次攻打陵水县城，砸毁牢房，救出 30 余名群众。8 月 20 日，陵水工农武装和新编红军第三营挥戈南下，配合仲田岭自卫队及农民运输队攻打崖县藤桥市，毙敌 10 余名，活捉 10 余名。一系列战斗的胜利，解放了陵水大片地区，建立了 4 个区苏维埃政府、8 个乡苏维埃政府。

8 月 30 日，红军第三营在黄振士、陈平、陈国霖率领下调归特委指挥，我留下担任中共陵水中区区委书记。主力红军调走后，留下的陵水工农武装在王白伦、林宏梓等带领下，继续在陵水地区开展小规模游击活动，坚持武装斗争。

武装暴动的大本营六连岭

魏宗周　　王昭华　　陈明钦

　　1925 年春，广东省农民协会派杨树兴同志到万宁县进行革命组织工作，他利用在自己家乡龙滚地区土豪陈烈卿组织的地方民团里担任教官的身份，经常到农村和农民群众生活在一起，传播革命火种，在六连岭下的田头、端熙等村庄组织起一个秘密农会，并和广东省立第十三中学学生谢育才、陈克邱，以及万宁中学、万城、和乐、后安、龙滚等地的小学教师陈文荣、杨少民、官天民、文德才、刘兴汉、叶冬青、熊侠、叶虎等人在全县各地秘密进行革命的宣传组织工作。1926 年春，省农民协会又派符光东、林诗谦到万宁协助杨树兴组织农民协会。在党的领导下，万宁县农民协会正式成立了农民协会筹备处，县青年工作团、总工会、妇女会、中学学生会等组织也先后成立，和农民协会相呼应，积极组织盐墩村盐民举行了 50 多天的罢工斗争并取得胜利，万宁中学掀起驱逐反动校长陈于敷的运动，并迫使这个大恶霸夹着尾巴离开学校。同时，还组织成立了农民训练所，建立农民武装，革命高潮所及，各地反动民团纷纷瓦解。

1927年4月中旬，中共万宁县党部委获悉国民党反动派在上海、广州等地屠杀共产党员的消息后，一方面派人到地委请示，一方面做好应付突然事变的准备。至4月19日，形势越来越紧张，党部委、县农民协会便以野外演习为名，将万城、龙滚两个农民训练所的学员约200人全部调往六连岭地区驻扎，各地农军也陆续开到六连岭周围集中，以观形势的发展。不久，传来了国民党在海口、府城大屠杀的消息，党部委便决定以六连岭为立足点，和国民党进行针锋相对的斗争。

六连岭处于万宁、乐会、琼中三县交界处，东临南海，背靠五指山和母瑞山，进可攻，退可守，周围720多个村庄多数都成立了农会等组织，有扎实的群众基础。不久，万宁县肃反委员会成立，由杨树兴同志担任主席，公开领导群众向反动派进行斗争。万宁县的国民党反动派拟好了大屠杀的计划，准备在农军演习归来后动手。可是，农军已经在六连岭地区扎下了根，敌人的计划落空了。但他们并不甘心失败，一面恢复各地反动的民团武装，加紧向农民收捐逼税，一面积极策划向六连岭地区进攻。5月12日，琼崖警备司令黄镇球部驻万宁县分界圩的部队，纠集地方反动民团，大肆向六连岭东麓的藤寨、加荣、加索、北埔等村庄进攻。为了打击敌人的反动气焰，我农军决定给敌人以迎头痛击。农军虽然武器装备很差，也没有打过仗，可是士气很高。农军选择六连岭附近的军寮岭为伏击地点，负责正面阻击，前后左右各个山头则埋伏着标枪队。当敌人进入伏击圈时，农军突然开枪。敌人遭到这突如其来的袭击，晕头转向，像无头苍蝇一样四处乱跑。这时，埋伏在各个山头的标枪队，一齐吹响军号，举起红旗，许多农民拿着镰刀、锄头、木棒，从四面八方赶来参加战斗。一时，杀声震天、旌旗蔽日，敌人看到漫山遍野都是愤怒的人潮，吓得连枪也不敢放，纷纷丢枪弃械，抱头逃窜。军寮岭伏击战，是万宁县革命武装和反革命武装交锋的第一仗，标志着万宁县革命斗争转入了以革命的武装反对反革命的武装的新时期。

军寮岭一战，给敌人以当头一棒，使反动派闻风丧胆，再不敢轻易进犯六连岭，同时也极大地提高了广大军民战胜顽敌的信心和勇气。不久，在海口的反革命大屠杀中安全脱险的琼崖党组织领导人王文明、周越等同志，撤到了六连岭，在六连岭北麓的乐会县第四区恢复了地委领导机构。6月，中共广东省委派杨善集同志重返海南，在六连岭北麓召开了琼崖地委临时会议，传达了省委的指示，决定进行土地革命，并决定在各地发动人民武装起义，反击国民党反动派的大屠杀。1928 年春，琼崖苏维埃政府在六连岭成立，开始建立起以六连岭为中心的乐（会）万（宁）根据地，领导琼崖人民的革命斗争。

为适应新形势，农民武装进行了整编，一部分编为讨逆军，一部分编为赤卫队，六连岭根据地得到了巩固和发展，但由于"左"倾路线的影响，忽视发动群众和政权建设，军事上又采取主动进攻，同强敌硬拼，各地暴动受到了严重的挫折，革命力量损失很大。国民党反动派趁此机会，纠集各地民团，大举向六连岭根据地进犯。在全岛秋收暴动受挫的严峻形势下，中共琼崖特委于 1928 年 2 月 18 日至 21 日在六连岭北麓召开了琼崖第二次党代会，会议总结了教训，决定建立巩固的革命根据地，开展对敌斗争，重建红色政权，把讨逆革命军改为工农革命军，分设东、中、西路三个指挥部，打退了进犯六连岭根据地的敌人，攻下了六连岭周围的敌人据点和后安等一些圩镇，保卫了六连岭根据地。1928 年 6 月 6 日，在六连岭根据地成立了万宁县苏维埃政府，各区、乡苏维埃、共青团、妇女会、少锋队、儿童团等组织也相继成立，深入发动群众，开展土地革命，各村还建立了瞭望台、放哨队、交通站等，群众运动如火如荼，六连岭根据地得到了进一步的巩固和发展。

在整个土地革命战争时期，六连岭是海南革命的中心之一。正因为这样，六连岭根据地遭受过敌人多次的摧残和破坏，根据地军民经受了一次又一次严峻的考验。1928 年 1 月底，特委受"左"倾路线的影响，决定在全岛举行大暴动，向城市进攻，这期间工农革命军改称为工农红军，在向国民党反动派进攻中，主力消耗殆尽。党为了保存革命力量，在 1928 年底精简机构，组织一小队精悍的红军留驻六连岭，一部分红军开到母瑞山坚持斗争，大部分党团同志隐蔽到农村去，转入地下斗争。驻在海口市的琼崖特委机关被破坏以后，琼崖革命进入低潮时期，六连岭根据地也笼罩在一片血腥的白色恐怖之中。

1929 年冬，在冯白驹同志倡议下，临时特委产生了。我党隐蔽在各地的同志又云集在六连岭，挖出了埋藏的枪支，组建了红军第四连，很快收复了六连岭根据地。革命力量的迅速发展，使反动派又惊又恨，他们变换了手法，一方面纠集优势兵力向根据地进攻，一方面派遣特务混进革命队伍，收买一部分动摇分子，制造混乱，并秘密组织 AB 团（社会民主党）。为此，特委决定在革命队伍内部开展肃反运动，但却错误地把一大批优秀领导人指控为社会民主党杀害了，肃反事件极大地削弱了党的战斗力，在革命队伍和群众中引起了很大混乱。国民党旅长陈汉光利用这一机会，派他的营长钱开新带领一营人马在六连岭周围修筑碉堡，一方面移民"并村"，一方面采取"砍山捉鸟"战术，强迫群众在岭上砍出一条条大道，把六连岭分割成许多小块，然后派大兵逐块"围剿"。为了应付这一局势，红军分成许多小组，有些转移到别处去，有些暂时隐蔽起来。由肖焕辉同志领导的县委仍然留驻岭上，领导根据地人民群众和敌人开展斗争。王照华同志领导的红军医院，有 20 多位伤员无法疏散，也留在岭上，形势十分险恶。缺少粮食，留在岭上的同志只好到山涧里捞螃蟹、小鱼虾，到山上采山乳子、革命菜，挖山薯来充饥。县委和县苏维埃机关还得经常变动驻地，有时一夜要转移几次。有一次，肖焕辉同志带领几位同志下山找粮食，走到半山腰，忽然隐隐约约地嗅到一股香烟的气味，他立刻警觉起来，不用说在深山野岭上，就是在村庄里，当时也不容易嗅到香烟味道。他意识到一定是遇上了敌人，便命令同志们从原路走回去。可是晚了，敌人已经发觉，从石头后、树丛中窜了出来，拼命追赶，开枪射击。肖焕辉等同志沉着应战，利用大树、乱石做掩护，巧妙地和敌人周旋，几个回合就把敌人甩掉了。县委、县苏维埃机关和红军医院就是在这样的环境下，在六连岭上坚持了好几年，直到 1936 年西安事变和平解决后才打开了新局面。

在土地革命战争时期的多次暴动中，六连岭根据地绝大多数的村庄都遭受过敌人的摧残，六连岭下 100 多个村庄，前后共牺牲了 2000 多人，占原来人口的三分之二以上。可是，人民群众并没有被吓倒，革命的烈火越烧越旺。那时候，大部分青壮年都参加了红军、赤卫队，妇孺老弱留在家一方面生产，多打粮食支援红军，一方面组织放哨队、瞭望台、情报站、破坏队、救护队、担架队、运输队，协助红军、赤卫队打击敌人，巩固红色政权。就是在白色恐怖最严酷的日子里，不少人也经常冒着生命危险，偷越敌人的封锁线，给山上的同志送粮、送药、送情报。

使人难以忘怀的是在六连岭东南部的山脚下有一间"树俊寮"，这间用树叶、茅草盖成的小房，成为革命同志温暖的家。草房的主人王树俊和许运源夫妇，原住在上城村，王树俊在1928年参加了红军，许运源在家给来往的革命同志煮饭、洗衣、带路、送情报、照顾伤病员。后来，由于叛徒告密，敌人两次烧毁了他们的房子，为了方便同志们的活动，他们干脆把草房盖到了远离乡村的山脚下。与他家来往的同志真是成百上千，他们夫妻的劳动所得，除了维持最简单的基本生活外，全部献给了革命。而且多次冒着生命危险，掩护革命同志。许运源被同志们亲切地誉为"红军妈"。

正是许运源"红军妈"这样千千万万的水滴，汇成了六连岭根据地的汪洋大海，给敌人造成了灭顶之灾；而革命的航船却在其中自由航行，胜利地到达了彼岸。

万泉河畔举刀枪

陈求光

1927 年 4 月 22 日，国民党琼崖当局在海口、府城开始了惨绝人寰的大屠杀。晚上，琼东县农民训练所有人得到了消息，便到剧场去找农训所所长符功桓报告事变情况。不料消息传开了，引起了剧场的大混乱。当夜，在农训所里，县特支、农训所、仲恺农工学校及各革命组织的负责人聚集在灯下，商议应付事变的对策。

"怎么办？国民党反动派终于原形毕露，举起屠刀向共产党员和革命群众杀来了！"县特支书记雷永铨征询大家的意见。

大家纷纷发表着自己的意见。

军事负责人、农训所所长兼县总团团长符功桓严肃地说："当务之急是尽快把枪支集中起来，把队伍拉起来，然后转入农村去进行整训，准备反击国民党反动派的大屠杀。"

"我同意拉队伍！……国民党反动派向我们杀来了，我们也要拿起刀枪和他们干！"雷永铨斩钉截铁地说。

大家统一意见后，当即派人四下通知，把嘉积仲恺农工学校全体教职员工、琼东县农民训练所全体学员、琼东县总团士兵，部分农会和革命群众组织的骨干分子，各中学部分进步学生，以及县城附近乡村的农民自卫军等总共350多人集中起来，连夜撤出嘉积镇和塔洋圩。队伍于当夜开往水牛岭，第二天到梅涌村过了一夜。因梅涌村粮食供应有困难，队伍又迁到礼昌、郭村驻扎，并将人员进行编队，开始进行初步的军事训练。符功桓担任军训总负责人。

4月25日，琼东国民党右派分子、"清党委员会"委员王圣教、王祚伟、王祚坤等到琼东县城接管县政权，开始捕杀共产党员和革命群众，白色恐怖笼罩了琼东县的城镇和乡村。

面对这种情况，雷永铨、符功桓等计划把队伍拉去攻打嘉积镇的反动商团，但因礼昌村的李有新和大洞村的梁振柏向敌人告密，暴露了计划，未能行动。5月16日拂晓，人们还在酣睡之中，一支几百人的兵马悄悄地出了嘉积镇。队伍走到岔路口又分为两路，一路向礼昌，一路向郭村。这支人马是嘉积镇反动商团和国民党军叶肇属下的部队，他们在李有新和梁振柏的引领下，偷偷去攻打我们驻礼昌和郭村的武装。

一声清脆的报警枪声响起，同志们仓促起床，组织抵抗。由于敌人来得突然，我们毫无准备，又由于我们刚刚进行军事训练，没有实战经验，结果战斗打响后，敌人很快就突破我们的防线直冲进村。郭村的队伍仓促应战一阵后，连忙组织突围。在夜幕的掩护下，武装人员和群众组织的负责人，以及一部分学生安全冲出。住在郭村祠堂里的少数学生，因首次参战而过分慌张，被敌人抓去 19 人，其中一名是小孩，大部分是党、团员。在礼昌村这边，符功桓指挥队伍抢先占领了村中炮楼进行反击，同时派人到定安县黄竹圩请黄竹农训所武装学员数十人前来增援。敌人虽然人多势众、武器精良，但在我们的坚决抗击下，几次冲锋都被打退，一直打到下午 2 点仍毫无进展，只好撤退了。

礼昌、郭村之战，敌人死伤了 10 余人，敌军指挥官把怒火全部发泄到被捕的学生身上，把除小孩之外的 18 名被捕学生押赴嘉积东门坡刑场枪决。

通往刑场的道路两旁挤满了群众，人们的眼睛都冒着仇恨的怒火。走在最前面的一个叫符传汉的共产党员，昂首挺胸，频频向两旁的群众点头告别。在临近刑场时，他突然高声唱起悲壮的歌谣："劝声各革命同志，要为革命斗到底。只要坚持必胜利，琼岛定会飘红旗。"敌指挥官一声令下，机枪响了，18 名学生全部倒在了血泊之中……

国民党反动派妄图靠惨无人道的屠杀压服共产党员和人民群众，然而共产党员和人民群众并没有被吓倒，在中共琼崖地委领导下，各地农民武装如雨后春笋般建立起来。6月，中共广东区委派杨善集来琼，在乐会县第四区召开地委紧急会议，改地委为中共琼崖特委，成立琼崖军事委员会和肃清反革命委员会，领导全岛的武装斗争。不久，便将全岛各县的讨逆团、讨逆军、革命军、农军等统称为琼崖讨逆革命军。从此，全岛武装斗争风起云涌，势不可挡。

7月21日，中共琼东县委和肃反委员会成立，30日以嘉积仲恺农工学校学员和琼东县农民训练所的武装学员为骨干，以原琼东县总团士兵和农民自卫军武装为基础，并发动部分武装群众建立起来琼东讨逆军，黎竟民为总指挥、王家中为副总指挥、刘裔祺兼党代表，下辖3个连，被编为琼崖讨逆革命军第九路军。八九月间，琼东讨逆军与起义农民一起发动了琼东暴动，相继攻陷了琼东县城和长坡、福田、烟塘等市镇，消灭了一部分豪绅地主的民团武装，惩办了一批贪官污吏、豪绅地主及反革命分子，烧毁了琼东县城通往嘉积镇的三发岭桥，破坏了琼东县城至长坡圩的沙浦岭桥。紧接着，又多次围攻排坡村和牛角圩的民团炮楼据点，沉重地打击了排坡村大地主李文辉和他的反动民团武装。讨逆军攻下草堂村民团炮楼时，还活捉了臭名昭著的大土豪劣绅"十四"（绰号）。

琼东讨逆军在人民群众的紧密配合下，基本扫清了琼东第五、六区交界的农村中那些为非作歹的地主豪绅、反革命分子，琼东县第五、第六区的石蓬岭、苦来岭、沙浦岭、彬村山、马岭、卜里、下塘、旧村、墩头等一带成了红色地区。琼东讨逆军在斗争中不断发展壮大，后改为琼崖工农革命军第三营，再后来又成为琼崖红军独立师第一团，为建立琼东苏区及海南的革命战争做出了贡献。

人民群众用歌谣称赞这支在国民党反动派大屠杀中崛起的革命武装："万泉河畔举刀枪，暴动烈火照天光；吓坏地主狗豺狼，打得豪绅无处藏。穷人有了共产党，不怕恶人再凶狂。"

要把海棠仁串起来[*]

冯安全

　　1926 年琼山县的革命形势十分喜人，农运、工运、学运如火如荼，县乡村建立农民协会形成高潮，农运几乎遍及各个乡村，农会组织像雨后春笋般出现在琼山的乡村。为了防匪防盗，维持乡村治安和保卫农会，不少乡在成立农会的同时，还建立自己的武装农民赤卫队，有的农会则建立农民自卫队。每个村的农民武装多则二三十人，少则十个八个人，武器多是些大刀、长矛、棍棒之类，也有枪，但数量有限，且多是"汉阳造"步枪。单看一个村的农民武装，似乎成不了什么气候，要是把一个乡的农民武装作为一个整体来看，其力量就大了。农民武装建立起来后，土豪劣绅低头，群众扬眉吐气，土匪强盗绝迹，赌摊烟馆关闭，社会秩序安定，农民运动也发展得更快了。

---

　　[*] 本文节选自《在琼山暴动岁月里》，收录时做了适当修改。

在上级派来的农运特派员和当地青年学生的发动组织下，全县各乡村农会普遍办起了平民夜校，青年农民（也有老年的）在平民夜校学习文化和革命道理。我们村有个名叫冯文明的人很会讲故事，什么"水浒"呀"三国"呀装了满肚子。我那时最爱听人讲故事了。冯文明几乎每天饭后茶余都给村里人讲，我便每天都去听。他的故事能给人一种启示，给人一种无形的力量。他本来明明在讲"水浒""三国"，可是讲着讲着，他又很自然地结合着讲起国共合作、国民革命军打军阀、孙中山"三大政策"、农民团结斗土豪、实行耕者有其田等革命道理来。后来我才知道，原来他是党派回乡开展农民运动的共产党员。

一天晚上，他手指着插在桌边的海棠仁灯说："我们穷人没有钱买煤油点灯，只好捡海棠仁用椰子叶骨串起来当灯照明。你们看，一个海棠仁点不亮，很多海棠仁串起来就点得满屋亮堂堂。同样，一个种田人成不了大事，很多种田人抱成一团力量可就大了。为什么每村只有一两户地主却能欺负全村人？那是因为大家没组织起来。要是我们组织起来，几个地主能斗得过我们吗？全国几万万农民都团结起来那力量就更大了，可以推翻整个旧世界。所以说，要想屋里亮，就要把海棠仁串起来点；要不受地主压迫剥削，种田人就要组织起来。"他的话深深地打动着每个人的心，大家渴求组织起来的愿望越来越强烈了。

不久，村里来了个省农运特派员，名叫洪德云，也是共产党员。在他的指导和冯文明的积极筹备下，1926 年 5 月的一天，我们琼山第十二区合群乡农民协会成立了。同时，还成立了青年团、妇女会、少锋队、儿童团等群众组织，以及农民自卫军，由我任队长，全队共 12 人、9 支枪，没有枪的拿大刀、长矛、木棒当武器。农民自卫军的任务是打击土豪劣绅、清剿土匪强盗、保卫农民协会、维护社会治安，促进农民运动发展。自从有了自卫军后，农民的腰杆硬了、胆子壮了，在农会领导下很快掀起了反帝反封建的斗争高潮，到处宣传"联俄、联共、扶助农工"三大政策，开展减租减息、抗租抗税、破除封建迷信、废除旧礼教、禁止赌博、妇女剪掉长头发等运动，主张男女平等、婚姻自由，把整个农村闹翻了天。这时，也只有在这时，我才深深地体会到，冯文明同志讲过的"要把海棠仁串起来才能点亮，农民要组织起来才有力量"这句话的深刻含义。

1926 年 8 月，我由冯文明介绍加入中国共产党。说来那时真有些幼稚可笑，在入党前一天，冯文明找我谈话，说党组织准备吸收我入党，我一听感到很奇怪，不解地问："我参加农会，参加农民自卫军这么久了，打土豪、斗地主、剿匪盗、闹抗租，什么工作都干了，不早就是党的人了吗？"他听后笑了起来，拍着我的肩膀，耐心地和我谈起党的性质、纪律、奋斗目标、组织原则，以及入党的条件等有关党的知识来，我这才晓得当个党员原来并不那么简单。在他的帮助下，我提高了思想觉悟，终于加入了党组织。不久，我被选送到文昌县蛟塘圩农训分所去训练，除学政治和文化外，主要是进行军事训练。军训内容是按步兵操典进行的，队列动作从立正、稍息、原地各种转法到班、排、连的集合、散开、队形变换，军事技术有立、跪、卧姿瞄准射击和投弹、刺杀，战术主要是单兵动作和班进攻等。

受训两个月毕业后，我返回合群乡便马上组织自卫军进行训练，照葫芦画瓢地把我学到的东西一股脑儿教给他们，他们个个学得很认真很刻苦，军事素质得到了很大的提高，不久就投入了武装斗争的行列，大多数都成了琼崖革命斗争中冲锋陷阵的勇士。

国民党反动派在海口发动四二二事变后，激起了广大民众的义愤，我县一些乡村集会声讨国民党反动派的滔天罪行，号召民众起来继续同敌人做斗争。1927 年 6 月初，冯白驹建立了琼山县委，我县乡村党组织迅速建立和发展起来。6 月，中共琼崖地委在乐会县第四区召开紧急会议，杨善集传达了省委关于组织和扩大武装力量，建立肃反委员会，实行红色暴动的指示。接着琼山县委也召开会议，决定迅速建立区委和乡村党支部，大力发展党组织，作为领导乡村民众向反动派做斗争的核心；组织起一支短枪队实行红色暴动，伺机打击反动官吏、恶霸地主等民愤极大的坏人。

六月会议后，县委抓紧建立农民武装，实行红色暴动。各地农民武装四处打击地方反动势力，缴获武器弹药。1927年夏天，冯白驹从全县各地的农民自卫军中抽调了一批优秀的党团员骨干，组织了一支20多人的精干短枪队，我被指定为短枪队队长。7月，冯白驹同志把大致坡、咸来、三江、道崇等地的农民自卫军骨干，集中到大致坡的合群乡大道湖村，和短枪队一起整编为县委直接领导的一个连的武装队伍，共80余人，我任该连第一排排长。琼崖特委统一各县武装番号时，这支武装成为琼崖讨逆第六路军。琼山第六路军建立后，就在琼山县各地积极开展武装斗争，得到迅速发展，武器装备也不断更新，成了战斗力比较强的一支队伍。

　　7月的一天，冯白驹同志把我叫去，给我交代了一个任务：组织决定，由陈大新带路，由我带领短枪队去道崇暴动，打死住在道崇民团局的国民党琼山县征粮委员曹某，并消灭他带来的县兵连十多名敌兵，缴获敌人的枪支，扩大我们的武装队伍。冯白驹同志神情异常严肃地说："这是短枪队首次执行暴动任务，影响很大，所以必须圆满完成，明白吧？"我点点头说："我们一定完成任务，请冯书记放心。"我接下这个任务后，立即赶回短枪队做暴动准备工作。大家高兴得不得了，个个摩拳擦掌、跃跃欲试，这一宿谁都没心思睡，鸡刚叫头遍，就都起了床。大家戴上竹笠，把驳壳枪插在腰间藏密实，光着脚板，就在朦胧的月光中踏着夜露上路了。天亮后，我们分成几小股，混杂在赶集的群众当中悄悄地混进了道崇集市。道崇是琼山县中部一个繁荣的集镇，集市交易的人很多，陈大新领着我们在集市街道上转了一圈，让大家先熟悉周围的地形地物和敌人分布情况。然后碰头进一步做了暴动的具体部署，规定了联络信号及撤退的方向，决定分三路行动：第一路由我带领三名战士冲击楼房，消灭楼上姓曹的征粮委员及县兵班；第二路由陈大新带三名战士解决道崇民团局；第三路由两名战士担任警戒，对付可能在街上遇到的游散敌人，在我们得手后，再去打死道崇街上一个罪大恶极的反动商人。三路人马，以我这一路打响为号，尔后大家一起动手。安排停当后，各路队员分头奔向自己的预定目标，伺机行动。

我和三名战士穿过人群，径直插至敌征粮委员住的那座两层楼前。只见群众正在排队交纳钱粮，每人手里都拿着一个登记钱粮数目的红皮本子。为了掩人耳目，我们也到附近的杂货铺买了几个红皮本，每个队员都拿着跟在群众后边，假装交纳钱粮款而跟进大楼去。进大楼后，为寻找战机和防止过早暴露身份，我们又装作热得不耐烦了，故意退出人群站在有利进退的位置上，用竹笠顶住下腹，装作若无其事地扇风。由于是首次参加战斗，大家心里都不免有点慌，我更是担心出意外情况。

不一会儿，有人向我报告：队员冯主辉在小摊上买番薯凉粉糖水喝，交钱给小贩时，把铜钱连同子弹一起从口袋里掏出来了。那个小贩一见子弹，顿时吓得脸色发白，四肢发抖，说不出话来，钱也不要了，慌慌张张收拾货摊拔腿逃跑了。附近的群众看见了子弹，知道事情不妙，留在此是非之地必然凶多吉少，都纷纷收摊溜了。其他人虽没看见子弹，但见有人慌慌张张地走了，也交头接耳议论起来，整个集市顿时发生了骚动。我一时没了主意。正好冯主辉来了，只见他可怜巴巴地低声说："秋哥，是我坏事了。""再不下手就晚了，我带头冲锋，你就快下命令吧！"我想事情已到了这般田地，不打不行了，于是带领冯主辉、朱运泽等都拔出驳壳枪猛扑上敌楼。刚冲到二楼，迎面就遇上姓曹的征粮委员，他见势不妙想要跑，我举枪击毙了姓曹的，接着又击倒好几个敌人，冯主辉、朱运泽他们也迅速开火，10 余名敌人还来不及弄清发生了什么事就全部被歼灭了，此仗我们共缴获步枪 12 支。这时道崇民团局方向也响起了枪声，我便连忙领着大家赶去支援。我们刚冲到半路，就看见他们迎面跑来了，陈大新兴奋地报告说："队长，我们打死道崇民团团长和团丁一名，缴了敌人枪支。"我连忙转身带领大家冲进一间布店，打死了一名反动商人。负责警戒任务的两位队员也完成预定的任务回来了。

道崇暴动结束了，为了稳定群众情绪，我们分头给集市上受惊的群众做宣传，把刚从反动商人的店铺中没收来的布匹等物资分发给群众。为了今后做红旗，我们仅取了两匹红布，背着缴获的枪支，有说有笑地返回了驻地。

挥戈东进拓红区[*]

冯安全

1927 年 7 月底的一天，冯白驹派我和英魁廉化装潜入大致坡镇侦察，并做好预伏，待到傍晚时配合冯建能带的讨逆军主力，一起攻打驻大致坡镇的国民党琼文护路团。大致坡镇是琼山县东南部一座重镇，位于琼山、文昌交界处，是琼崖东北部的交通要冲。大致坡西面是我琼文革命根据地，东面是游击区，所以驻大致坡镇琼文护路团是敌人钉在我红色区域中的一颗钉子，是敌"进剿"我琼文根据地的前哨据点。

敌人为了保障其车辆的安全来往，在大致坡镇的东面建起一座高大坚固的炮楼，这个炮楼位于平川上，视野相当开阔，离炮楼 200 米内没有任何房子，只在近处有一棵枇杷树，楼四周还设有密匝匝的铁丝网。这个炮楼里虽然平时只

---

[*] 本文节选自《在琼山暴动岁月里》，收录时做了适当修改。

驻着二三十名敌人，但是由于工事坚固，地形有利，敌人有恃无恐。那时，我们的武装队伍又刚创建不久，根本没有什么重火器，要想端掉这个炮楼，的确是很困难的事，不用说打了，就是接近它也要付出巨大的牺牲。

　　我和英魁廉接受任务后，混杂在行人中进入了大致坡。由于我们两人都是大致坡地区人，为了防止被熟人识破，都把竹笠戴得低低的，遮住半边脸。我们躲开熟人，在街上转了两圈先看看动静，然后找了个角落暗中观察炮楼里出出进进的团丁们。因为在几公里远的文昌县抱罗镇这几天连续演琼剧，有些团丁看戏去了，炮楼里的团丁比平时略有减少，而且又没有外地敌人过往住宿。但是这场战斗到底应如何打法，我仍然心中无底。时近傍晚了，我们的肚子饿得咕咕直叫，只得先到饭馆吃了饭再说。我俩走进一个偏僻处的饭馆，找到位置坐定，就敲着桌子叫："老板娘，端饭来！两菜一汤半斤饭两份。"话音刚落，一只毛茸茸的粗壮大手重重地搭在我的肩上，一个声音在我的耳边响起："冯尔秋（我的原名），你走得好快呀，跟都跟不上，这回可抓住你了。"我听了大吃一惊，猛回头一看，原来是大致坡镇国民党琼文护路团的兵丁陈开富。糟糕！这家伙也不知道是何时跟踪上我们的，真是越怕见鬼越碰鬼。

　　我向英魁廉使了个眼色，要他做好预防不测的准备，就转眼警惕地盯着陈开富，看他要怎样处置我们，然后再视情况对付他。"老队长怎么不认识我了？"陈开富见我用眼睛瞪着他，奇怪地说。我见他似无恶意，便缓和了一下紧张的心情答道："谁不认识你这个陈开富。"我参加革命前，为了生活，曾在金堆乡当过国民党民团自卫队队长，那时他是我手下的兵丁。陈开富也是穷苦人家出身，但他现在当上了国民党琼文护路团的兵丁，人心隔肚皮，谁知道他还识不识我这个老上司？不管怎样，今天他只有一个人在此，谅他也不敢对我俩怎么样。

我尽量地镇定了自己的情绪，若无其事地对他说："我们俩吃饭后要去看戏。"意思是要他走开。陈开富却赶紧说："不要去了，今天就到我那里吃饭，明天再去看也不迟。秋哥，我们好久不见面了，今晚咱们好好谈一谈，玩一玩。"他说完对我又是拉又是推的，我生怕他碰到我身上的枪，只好顺水推舟地说："好好好，别推推拉拉的，跟你去就是了。"说着就和英魁廉一起跟着他走出了饭馆。

夜幕已开始降临了。我知道要甩开陈开富是不行了，而跟着他去，谁知道他是真意还是圈套？就打算在走到暗处时再强行制服他或设法争取他。路上，我从他的言谈中发现他对我现在的身份并不了解，于是我灵机一动，便改变了主意，心中暗喜道："今晚行动有办法了，我何不将计就计，先混入敌楼再说。"我偷偷向英魁廉递了个眼色，暗示他沉住气见机行事，他会意地点了点头。于是，我们跟着陈开富，不慌不忙地向炮楼走去。

走进炮楼底门，只见住在下层的团丁们正在推牌九赌钱取乐，闹闹嚷嚷地铺了好几摊，烟鬼们吞云吐雾，把整个炮楼底层弄得乌烟瘴气。我跟着陈开富上了二楼，二层住着国民党军琼文护路团团长陈成辉及一个队长。陈开富把我向他俩做了介绍，他俩也不介意便让我坐下。英魁廉原在大致坡镇琼文护路团当过兵，与他俩是老相识，见面后也各自打招呼。为了弄清第三层是否有人，我便装作很随便地问："这个炮楼真高，上面住人吗？"敌队长道："上面是白天放哨用的，晚上为防止挨共产党短枪队的黑枪，我们严禁任何人上去。"听敌队长说，我宽心了。

我俩和陈开富在炮楼第二层边吃边谈笑，陈开富说："我们王队长今天走红运，赌钱赢了20多块光洋，给了我3块，要我买只狗回来吃。"我一听又心生一计，便说："队长是有福气之人，今晚再赌一定还有大红运呢！你何不叫王队长出钱去买鸦片烟来抽？"王队长一听我说他今晚还有大红运，也装得很大方，当即拿出两块光洋派杂差去买鸦片。陈开富吃完饭也下楼站岗去了。我当时的打算是：等杂差拿鸦片烟回来后，敌团长躺在床上抽鸦片过烟瘾时，我俩拔枪一对一地把这两个坏蛋干掉，然后发信号，配合主力解决楼下的敌人。不料，当敌团长脱军服放在桌子上，走到楼梯口处洗澡时，英魁廉拿起敌团长的驳壳枪问道："团长，这支枪好使不？"敌团长答道："好使，刚刚换过扳机弹簧。"英魁廉又问："里面有子弹吗？"敌团长说："莫动，有子弹，已经上膛了。"话音刚落，英魁廉手动枪响，"乒"的一声，子弹飞过了敌团长的头顶，可惜慌乱之中竟没有打中敌团长。

敌团长一惊，明白过来后，立即一脚踢开脸盆，猛扑过来死死抱住了英魁廉，企图夺回他的枪，英魁廉右手被敌团长抱住使不动枪，想用左手拔出自己腰里的驳壳枪，可是左手也被敌团长按住，有劲使不出。他俩便在楼板上扭打起来。我一看不妙，便果断地开枪击毙了敌队长，又一个箭步冲到英魁廉和敌团长跟前喝令敌团长："快松开手，不然我打死你！"敌团长顽固透顶，他说："不松手就是不松手，要死都一起死！"为了不误伤战友，我用驳壳枪捅进英魁廉和敌团长之间，扭转枪口顶住敌团长肥大的肚皮扣动扳机，"乓"的一声，那家伙一翻白眼，两手一松，就摊在楼板上了。楼下听见枪响后，早已乱作一团，不知道楼上发生了什么事。我和英魁廉冲到楼梯口，跳到楼梯上用枪逼住敌群，厉声喝道："不许动！谁动打死准！听着，我们是讨逆革命军，你们团长、队长都被我们打死了，你们赶快投降，缴枪不杀！"这时敌人才如梦初醒，去拿枪已经来不及了，一个个只好乖乖地举起手来投降。

行动进行得干净利落，毙敌 2 名，俘敌 18 名，缴获短枪 2 支、长枪 18 支。说真的，我们也想不到，一个小时前我们还面对这高大的炮楼束手无策呢！撤出战斗时，我转眼看见陈开富还傻呆呆地站在墙角处站岗，禁不住扑哧一声笑了，上前对他说："开富，谢谢你给我们带了路，你快回家去吧!"他哭丧着脸说:"我不回家,我带你们打死团长、队长,国民党不会放过我。你们是好样的,我要跟你们当兵去!"陈开富从此加入我们的队伍,当上讨逆革命军战士。

1929年初,蔡廷锴师陆续调离琼崖后,我奉命从主力部队转回地方工作。不久,琼山县第十二区区委重新成立,陈家仁任区委书记,我为区委组织委员。当时,我们经济十分困难,县委决定让我和陈继盛、冯凤福组成琼文经委,指挥短枪队打击国民党反动派和反动商人,没收其财物,解决经济困难,并把写好的标语、传单带到各地去散发、张贴,不断扩大党的政治影响。

1929年5月,中共广东省委巡视员黄学增到文昌县指导武装斗争,做出了打掉文昌县锦山镇反动民团的决定。由于文昌县委短枪队人少,独立完成这项任务有困难,黄学增便要琼山县委派出琼文经委短枪队配合作战,共同消灭锦山镇之敌。锦山镇是文昌县北部贸易繁荣的集镇,历来为文北各区乡货物的集散之地,驻扎着国民党反动派的一个民团局,有30个兵丁。经我们战前侦察,发现敌人分别驻在兵营的两栋平房里,中间的哨楼却没有人驻。为了做好充分准备,打好这一仗,文昌县委领导人谢冠洲、云龙等派人再次到锦山镇核实敌人兵力、部署,了解敌人的活动规律,并画了一张敌情示意图,交给琼文两县负责组织指挥暴动工作的干部们研究。我们讨论了行动方案,做了行动部署,决定琼文短枪队进入锦山镇后,兵分三路发起猛烈攻击。左路由我带领负责消灭左边那栋平房里的敌人，右路负责消灭右边那栋平房里的敌人，中路负责打在哨楼站岗或外出不在营房的游散之敌。

一切准备就绪后，在一天凌晨我们出发了。我们有30多人，除短枪队外还有10余名搞宣传的同志。我们做了巧妙的伪装，有的扮成农民挑箩筐去赶集，把标语、传单等宣传品藏在筐里，上面用米糠掩盖好；有的则化装成做买卖的生意人，手提货物袋上街，他们的货物袋里装着军号、驳壳枪、子弹等；还有人扛着吹箭射筒（用竹竿制成的猎鸟工具），准备在暴动时当旗杆打起红旗壮我军威。破晓我们顺利地进入了锦山镇，混杂在赶集的群众中，一步一步向敌人靠近。这时，敌人正"一二一""一二三四"地喊着队列口令出早操，由于在军营两头都放了两层岗哨，有四个哨兵荷枪实弹地监视着过往行人，我们不能继续前进接近敌营房。为此，我们拟暂缓动手，待到中午敌人出街巡逻归来后，把枪放上枪架脱衣休息时再打。可一想，要等到中午12点，还有好几个钟头，中午圩集散后剩下我们这伙人将有暴露的危险。何时动手好呢？我一时竟发起愁来。

正当我苦思冥想之时，看见女战士冯月华向我走来，我顿时生出一计，把冯月华叫来，向她如此这般地耳语了几句。当她明白了我的意思后，脸一下子红了，但为了消灭敌人，她点了点头答应了。于是，我们先拉开一定距离，我右手提着一把弯头长雨伞，手枪藏在伞里，然后用雨伞指着冯月华大叫一声："抓住她！"装作气急败坏地跑向冯月华，用左手一下子扭住她的胳膊，一边拖一边吵闹起来："大家看哪！这个泼妇是我老婆，我和她做吃（一起生活）已好几年，前段时间她却逃跑去改嫁了别人。今天被我抓到，我决不轻饶她！定要拖她去民团局拘留办理！"冯月华也装成泼妇大哭大闹地在地上滚起来，骂我虐待她，说我家穷，使她受尽了苦。

这一闹，许多人都围来观看。我装作极度愤怒的样子，把她从地上拖起来，边骂边猛往民团局里拉，她又蹦又跳又闹地跟着我迅速接近了民团局营房。我们的同志由于事前没有来得及一个个告诉，开始有些不解，但见我们闹着靠近了敌营房，很快领会其意，都装着看热闹的人挤到前面去。民团局那些官兵见一对年轻夫妻扭打吵闹着走进来，也好奇地凑过来看热闹。

我看时机已成熟，冷不防松掉雨伞从中抽出驳壳枪就打，枪一响，围观群众一哄而散，冯月华和其他同志也迅速拔枪向敌人开火，原准备打右边营房的同志也杀了过来，大家猛烈开火，一下子把敌人撂倒了一大片。余下10多个赤手空拳的团丁早已被这突如其来的袭击吓得魂飞天外了，赶紧跪下举手连喊"饶命！"我们把这帮怕死鬼赶进平房的一个角落里，然后收起他们的武器，此仗才打了约20分钟便胜利结束了。计击毙敌人10余名，俘敌10多名，缴获长短枪30多支、子弹4000多发。

在我们攻打锦山民团局的同时，留在街上搞宣传的同志一闻枪响，有的吹响了冲锋号，有的迅速竖起红旗，有的张贴标语、传单，还有的在街上来回奔跑，不断高呼："冲呀！杀呀！"他们摇旗呐喊，使整个锦山镇都震动了，我们在打民团局时听得清清楚楚，犹如红军大兵压境一般，的确达到了迷惑和震慑敌人的目的，有力地配合了我们的行动。

行动结束，我们在街头放了警戒哨，便把队伍集合在红旗下，对赶集的群众进行了宣传，同时派人袭击了两家反动布商，没收了他们的八担布匹和一批光洋，用以解决我们队伍的经济及穿衣困难问题。我们在锦山镇打仗、宣传、筹款等活动总共只用了半天时间，完成任务后就撤回琼文边区根据地了。

在此后很长的一段时间里，在文昌县北部各区乡到处传说红军短枪队如何如何厉害，个个神通广大、刀枪不入、枪法百发百中，等等，还到处传播说："红军要打抱罗了！""红军要打罗豆啦！""红军要打铺前啦！"这些传说不胫而走，吓得国民党反动派惶惶不可终日。

1930年初夏，琼崖工农红军在广大人民群众的支援和配合下，又掀起了一个武装暴动的高潮，打开了琼崖革命斗争的新局面，各地的红军和农民武装组织迅速发展壮大。抓住当时海南国民党反动派力量较薄弱的有利时机，中共琼崖特委和红军独立师及时提出"巩固老区、发展新区"的积极方针，领导全琼军民向敌人展开大规模的攻势作战。当时我在琼山县委任经济委员，为了配合红军第二团第三营东进琼山东北部作战，县委指派我和刘秋菊同志随军行动。

1930 年 11 月的一天，三营全体指战员踏上了东进作战的征程。

要东进，必须经过羊山。羊山，是个方圆几十里的死火山，石头遍地，树木茂密，盛产荔枝等热带水果，但这里水源奇缺，当地人不分穷富，每家都必备好多大小水缸，置于房檐下承接雨水，以备饮炊之用，素有"惜水如惜粮"的说法。我们才走了三个小时，每人身上的水壶、椰壶都陆续口朝下了，大家忍着干渴向前走，老半天也找不到一口水井。一路上倒是碰见过不少柑橘园，树上柑橘累累，金黄诱人，可是大家都自觉遵守群众纪律，没有擅自乱摘。我是负责供给的，手头有不少光洋，本想买一些给同志们解渴，可惜总遇不见果园主人，只好作罢。羊山的羊肠小道特别难走，碎石硌脚，野藤挡道，这一段的路整整走了一昼夜。第三天下午，部队抵达潭口渡口。

潭口位于南渡江下游，江面宽五六百米，河深水急。守护渡口的民团有一个班，在我军到来之前就逃之夭夭了。我们派出了警戒部队，防备海口、府城方向的敌人突然袭击，接着派人找到了摆渡的船工。不一会儿，先头部队乘船过江了，经过几个来回，全部人员都顺利渡过南渡江，越过了东进路上第一道屏障。

过江后已经入夜了。连日行军，部队十分疲劳，但为了不失战机，我们还是连夜疾进。走了数里，突然前方枪声大作，原来是云龙据点民团团长吴熙周带了20多个团丁前来阻击，想捞一把好向上司报功领赏。陈平营长一边派人通知先头部队继续咬住敌人，一边指挥主力分两路迂回包围。在一阵激烈的枪声和手榴弹爆炸声中，大部分敌人被歼，只有吴熙周带着几个残兵仓皇遁逃，仗着路熟钻进了云龙炮楼。但我们没有放过他，追上去把炮楼团团围了起来。云龙炮楼本就是个小据点，它的木板门哪里经得起手榴弹轰？不一会儿吴熙周和他的残兵就死在乱枪之中，战斗很快就结束了，消灭云龙民团20多人，缴获枪支20余支，另外还有一批战利品。战斗虽然不大，但给整个东进作战开了个好头，部队情绪很高。

夜深了，星光闪闪，凉风袭人，我们不顾劳累，接着走了几十里，来到了演丰区的昌城、卜罗村。这里从1927年起就是我们的革命根据地，村里的群众一见红军又回来了，个个欣喜若狂奔走相告，村干部和群众都争着把部队的同志往自己家里拉，你烧水，我铺床，人们都忙得不亦乐乎。刘秋菊是塔市人，曾经长期在演丰、塔市一带开展活动，这里的群众十分熟悉她，不论她走到村子的哪一头，准会有不少群众前来看望"姨母"（群众对秋菊同志的爱称）。人们拉着她的手问长问短，硬要拉她到自己家中坐一坐才遂心。秋菊只要一提出需要协助解决的问题，人们都满口答应。

我们在昌城、卜罗住了一天，中间在琼文公路上伏击了

3辆从文昌开往海口的敌军车，毙伤俘20多名敌人。次日上午，包围了塔市之敌，这是琼山东北部平原上的一个海滨小集镇。有民团局和盐警队共200余人把守，两部分敌人的驻地相距大约300米，互为犄角，可以互相支援，加上里面又有一座军火库，弹药充足。战斗打响后，狡猾的敌人便从外围收缩到镇里，凭借着住房和围墙拼死顽抗。我军本想从镇中间突破，先把民团和盐警队分割开，然后再逐个解决，可是由于地形对我方不利，数次冲锋都没有奏效，反而使不少同志负了伤。下午2点，我们改变了打法，用一部分兵力继续封锁压制盐警队，大部分兵力集中攻打民团局。我们再次组织了突击队，在机关枪的掩护下，突击队以手榴弹开路，硬是打进了塔市，经过一番逐墙逐街的艰苦争夺，终于把民团挤进几间房子。接着后续部队涌进街里，民团全部被解决，我军夺得了那间军火仓库。民团被歼，盐警队便完全孤立了，他们走投无路，只得停止抵抗，派人举着白旗出来求降。历时7个小时的塔市之战结束，共打死60多名敌人，迫降盐警队40余人，缴获长短枪100多支（包括仓库封存枪支）和大批弹药。下午4点，全营凯旋，回到昌城、卜罗村，村中男女老幼倾家出动夹道欢迎，他们敲锣打鼓，燃放鞭炮，端茶送饭，军民共庆胜利的热闹场面真是令人久久不能忘怀。

塔市战斗后，三营继续杀向文昌县的东北部。我们沿东寨湾前进，到达三江镇东面的田尾村，打算吃掉三江镇民团后就在田尾村驻下休整。由于我们的保密工作没有做好，敌人探知了我军的虚实。第二天早晨，我们遭到了从琼、文各地来的敌人的围攻。我们依托村中有利地形英勇抵抗，战斗持续了几个小时，但敌人却越来越多，枪声也越来越密。我们登上高处观察，方知道敌人是动用汽车源源不断地运兵输弹，几乎把所有能集中的敌人都从附近据点调来围攻我们了。我们决定杀出去，跳到敌人圈外作战。甩掉敌人后，我们又在琼文边境上和敌人周旋了十余天。由于田尾村战斗损失了百余人，加上病号也逐日增多，不利于再战，上级便命令我们返回羊山根据地休养。回到羊山后，我和刘秋菊与三营的同志分手，重回到了琼山县委。

在红军各部队的连续出击下，各地敌人遭到了沉重的打击，琼崖苏区终于从南到北连成了一片。1931 年初，琼山县苏维埃政府在离海口市仅 9 公里的苍英村重新成立，我被选为县苏维埃政府主席。我们琼山苏区在党的领导下实行土地改革、分田分地，到处都呈现出一片欣欣向荣的景象。

临儋十月暴动[*]

符英华

　　1926 年春天，随国民革命军过琼的冯道南、刘青云、林日华等同志受党派遣，以广东农民运动特派员的身份，到临高开展农民运动，他们把革命的火种撒遍临高大地，从城镇到乡村，从沿海到山区，从文澜江畔到临高岭下，工会、农会、学生会、妇女会相继出现。我在东英被选为农会主席。

　　农民运动搞得热火朝天，农民武装迅速发展。至 1927年二三月间，全县共有农民自卫军 3000 多人，长短枪 1000多支。2 月初，冯平同志筹办的临高农民运动训练所开学了。我们这批学员主要是学军事，也学政治理论。党组织非常重视我们这些具有初步开展农民运动实践经验的同志，吸收我们一批同志为中共党员。党的组织壮大了，一支支工农

---

　　* 本文原标题为《忆临儋十月暴动》，收录时做了适当修改。

革命武装建立了，农民运动的暴风骤雨席卷全县，迅猛异常。

1927 年 4 月 22 日，国民党右派叶肇的反动军队开进了临高城。中共临高支部全体党员和农训所全部学员等 70 多名骨干提前接到消息，得以迅速转移，避免了损失。转移到新盈后，冯平同志在文昌阁主持召开紧急会议，决定：支部成员必须立即分赴各区农会，继续宣传、发动、组织群众，发展武装力量，坚持斗争。这些骨干在各地广泛地宣传，发动群众，发展巩固农会，扩大农民自卫军，不仅准备应付国民党右派军队的袭击搜捕，而且防备、清除那些骚扰农民的土匪和进行报复的土豪劣绅。在巩固和扩大农民武装的同时，也秘密建立和发展各地党组织。

随着形势发展，7 月初，刘青云接到冯平指示后，召开党的领导成员会议，传达并研究攻打临高县城建立政权的问题，并决定各党组织、农会迅速筹集枪支，组织革命武装暴动。7 月中旬，冯平等同志从西营回到新盈港，同刘青云等进一步研究决定于 7 月下旬举行暴动，攻打临高县城国民党警卫队和县府，由新盈、东英自卫军负责围攻，城内工农自卫军做内应，各地自卫军立即向县城集结配合作战。

7 月下旬的一天夜晚，新盈自卫军在龙兰附近公路集合，冯平同志和我即率领东英自卫军 200 多人在县城北门外埋伏。等到夜静更深，县城内的工农自卫军神不知鬼不觉地剪断了敌人的电话线，农军队长符蛟臣打开县城北门，我们一拥而入。县警卫队官兵和县府官员突然遭到内外夹攻，慌忙抵抗。由于自卫军人多势众，他们企图从城东逃往金江，被我截击，除县长到广州未回得以漏网外，县府秘书等官员和来不及逃走的敌军都成了俘虏，还缴获了一批枪支弹药。翌日，各处农军也入城会合，占据县城，城内外军民奔走相告，欢呼胜利。自卫军佩戴起红袖章，维护治安，冯平等指挥现场布置贴出《安民告示》，派遣人员迎接各路友军，并做好准备迎击敌人援军的反扑。几百名农军投入紧张的护城御敌的战前准备，有的挖战壕、筑工事，有的破坏公路桥梁等交通要道。第三天，国民党军第三十三团参谋长叶肇派12辆军车载兵直驰临城。面对强敌，冯平决定撤退到农村，积蓄力量，等待时机，以期再战。

为了进一步贯彻特委关于继续在全琼发动武装暴动的指示，在琼崖工农讨逆军总司令兼西路军总指挥冯平主持下，临、儋两县县委领导人研究决定：在国民党双十节前后，集中两县武装攻打儋县县城新州。攻打新州之前，为了迷惑儋县方向的敌人，隐蔽我们攻打新州之意图，我们故意迂回于儋临边界。我们从东英区三阁村和美夏区居好村向东北方的临高波莲挺进，行至临城时虚晃一枪，然后向西北折向东英。10月9日，又直插东英西南的调楼。10日上午，我们临高讨逆军200多人又悄悄登上三艘红渔船，离开调楼抱才港，向西南方的儋县泊潮海岸驶去，胜利地完成了迂回任务。儋县沿海一带的沙井、顿积、光村、泊潮等村的农军

400多人已做好了战斗准备，正在泊潮上村和泊潮下村待命。两军会合后，大家情绪高昂，人人摩拳擦掌，恨不得马上打进新州城。

11日黎明，晨雾还未散去，泊潮上、下村就沸腾起来了。吃过早饭后，700多人的队伍似一支利箭向着西南方的新州城疾进。我率领讨逆军走在前面，后面紧跟着儋县农军。当到达离新州不远的北方江时，我站在高地上回头一望，发现队伍的人数竟增加到1000多人。原来，我们的队伍经过沿途村庄时，农民们听说要去攻打新州，纷纷拿起梭镖、锄头、扁担、钩刀、木棒，加入了我们的行列。

下午3点钟左右，队伍到达新州城下，我率领讨逆军以迅雷不及掩耳之势冲进县城，一下子占领了与国民党县政府相邻的儋县中学。当时，新州集市还未散，赶集的群众见我们荷枪实弹冲入县城，不知发生了什么事，纷纷躲避。我们占领儋县中学后，马上对县政府实施包围。讨逆军在西北，儋县农军在东南，包围圈拉好后，我带领驳壳枪班绕着县政府大院进行火力侦察，很快摸清了敌人的火力部署。于是，我命令部队趁天色逐渐黑下来不断缩小包围圈，从原来距离县政府两三百米步步逼近至100米以内，并开始向敌人开枪射击。县政府围墙外的岗楼里有部分政警队把守，在我们的打击下，他们都龟缩到院内。我们步步逼近，大院里的敌人一片慌乱。过了好一阵，县长陈仲章组织兵力应战。此时夜幕已降临，双方火力越打越猛，炒豆般爆响的枪声震荡着夜空，密密麻麻的弹道织成了火网。战斗处于相持阶段了。这时，琼崖工农讨逆军西路军副总指挥冯道南同志从澄迈赶到新州，他和几位领导同志碰头后决定：拉紧包围圈，严密监视敌人的动静，伺机用火力牵制敌人，同时派人通知附近村庄，连夜赶制几十架云梯，待天亮后发起总攻。

12日拂晓，总攻开始，围在县政府四周的千余名战士和群众随着嘹亮的冲锋号声高声呐喊起来，我率领讨逆军攻坚突击队，在150多支步枪的掩护下，从西北角登云梯爬墙攻击。我们连续向院内投进几排手榴弹。趁着手榴弹爆炸的浓烟，我一马当先越过围墙，几十名突击队员也一跃而上，纷纷跳进院内，冲向敌阵。不知是因为措手不及还是因为吓破了胆，敌人突然偃旗息鼓，待我们涌进院子时，整个院子已空空荡荡了。原来，敌人在被围之后早已心虚，他们从枪声中判断我们东北面的火力较弱，便趁夜在东北角围墙下挖了地洞，当我们发起总攻时，敌人便慌忙钻洞逃跑了。我当即命令一部分部队跟踪追击，追上了一股逃敌，打死10余人，打伤20余人，缴枪10余支。

新州城头，一面鲜艳的红旗迎着朝霞徐徐升起，军民欢呼雀跃，庆祝新州获得历史上的第一次解放。儋县人民政权建立的喜讯像春风传遍了千家万户，人们比过年还高兴。

藤桥起义[*]

王植三

　　1927 年 4 月 22 日，继国民党反动派发动上海四一二反革命政变、广州四一五大屠杀后，驻琼崖的国民党军阀也举起反革命屠刀，疯狂地捕杀共产党员和革命群众，制造了四二二事变。我于 1926 年 10 月参加中国共产党，不久到嘉积仲恺农工学校学习，并在校开展党的工作。为了避开敌人的暗害，根据党的指示，我与张开泰、詹行城、陈保甲四个在校的共产党员于 5 月初转移到崖县藤桥圩活动。

　　我们到藤桥后，成立了党小组，积极进行发展组织工作，准备武装暴动等革命活动。张开泰、陈保甲、詹行城是本地人，他们通过与当地熟人的关系，把我介绍到海边的风塘村当小学教师，我们以这个村子为基地，由陈保甲主持办起了平民学校，组织青年农民读书识字，通过教唱《少年先

---

　　* 本文原标题为《忆藤桥起义》，收录时做了适当修改。

锋队队歌》《国际歌》等来宣传革命道理。村里大族蒙姓豪绅见青年和妇女向我们靠拢，心里着了慌，从外地请来一位70多岁的老先生办起了私塾，用家族的名义强迫青年去私塾读书。我们则发动思想进步的青年蒙传良带领200多名青年在村里游行示威，高呼"打倒土豪劣绅"等口号。这样一来，那位老先生被吓跑了，豪绅们的威风被打下去了，我们趁热打铁，大张旗鼓地组织农会和妇女会，积极扩大党员队伍，我们的活动扩展到整个三区。

群众是发动起来了，但怎样才能搞到武器，把群众武装起来呢？我们首先想到的是打进敌人营垒里去拿。红土坎盐田实业团（盐警队）有数量不少的枪支，该团团长陈大裕的老婆与张开泰的姐姐同庚。张开泰即借同庚姐夫的关系与陈大裕联系，并派忠实可靠的农会会员黎伯盖、陈世诚等9名青年到盐警队去当兵，计划通过策反工作，把盐警队的枪拿过来。在调查中我们还了解到上段村有个叫"维持公正会"的秘密组织，成员都是附近村子的劳动群众，有300多人，配备有火药枪、长矛等武器。我们决定改造这个组织，把它变成革命的力量。于是，我们找到"维持公正会"的首领蔡启明，表示了我们要求入会的愿望。他看到我们四人都是读过书的，态度又诚恳，就满口答应了，还请我们今后多指点，帮助他领导好这个会。我们就在这个农民帮会里挑选骨干组织农军，进行军事训练。接着，在藤桥周围的岭头坡、龙楼、军田、椿头、大灶、灶仔等村的农会也相继组织了农军队伍，进行军事训练。

1927年10月中旬，中共琼崖特委派李茂文、张良栋到藤桥传达八七会议精神。经过讨论，决定在藤桥地区举行武装起义。11月25日，陵水县农军举行起义占领陵水县城。消息传来，藤桥区委召开紧急会议，决定响应陵水暴动，立即组织力量进攻藤桥圩。为了准备枪支弹药，陈保甲带领陈阿铁、陈阿祥等10名农友，来到红土坎盐田，找到了我们潜伏在盐田民团的黎伯盖。黎伯盖说："正好团长不在家，好枪都在我手里。"于是陈保甲带领农友于当天夜晚12点进入盐田民团营房取枪，不巧被一个排长发现，受到阻拦。陈保甲大声呵斥："谁抗拒缴枪就打死谁！"农友们把12支好的步枪缴获到手，星夜抄近路往回赶。途中又袭击了灶仔民团，夺枪6支，于早上6点回到军田村。

1927年12月1日凌晨，我们调集农民武装300多人，携带步枪和火药枪、长矛、大刀等武器，由张开泰同志率领围攻藤桥圩。由于我们行动迅速，出敌不意，很快就占领了国民党的崖三区警察署，警兵30多人全部被农军俘获缴械，署长邢治炳趁乱逃跑。打下警察署后，我们组织"维持公正会"会员500多人持武器上街游行示威，以壮声势。同时，派人到陵水报告红军指挥部，要求派兵援助攻打商团。起义第五天的下午3点，工农革命军东路军正、副总指挥徐成章、刘明夏和第一营营长郭天亭率领第一营革命军来到藤桥圩附近，我们农军过河迎接革命军队伍入圩。下午5点，革命军部队和农军包围了商团，把他们50多支步枪全部缴获。

起义胜利后，区委主持召开工农兵代表大会，成立了崖三区苏维埃政府，地址就设在原来的警察署，门前贴上新的对联："忍不住双层压迫，不要紧一颗头颅"，表达了工农群众反对地主贪官剥削和压迫、誓死保卫新生政权的决心，全区掀起了轰轰烈烈的土地革命高潮。

为了扩大藤桥起义的战果，巩固起义的胜利果实，1928年1月上旬，琼崖特委决定继续发展武装起义，扩大藤桥起义范围，夺取东路各县，下令工农革命军东路总指挥徐成章率部攻打三亚、崖城。中旬，东路革命军向三亚进击，藤桥地区组织了1000余人的黎族猎枪队参加南征。革命军攻下三亚后，各族群众在街头摆上桌椅，烧水沏茶，燃放鞭炮，欢迎人民的子弟兵。

三亚大捷后，按原计划本应乘胜追歼王鸣亚残部，但特委却急令革命军回师陵水，于是革命军和农军匆忙往北转移，农军撤返藤桥。我东路军东调后，王鸣亚又纠集被打散的部队，扬言要杀上藤桥与革命军决战。我们回到藤桥后，东路军大队人马开赴万宁，留下第一连两个班，由张开泰率领，配合农军保卫崖三区苏维埃政权。其间，琼崖工农革命军改称为琼崖工农红军。2月末，王鸣亚率大队人马进犯藤桥，我红军补充连在农军、工人赤卫队配合下，前出竹络岭、林旺坡迎击来犯之敌，打死打伤匪军30余人，将敌击溃。王鸣亚受挫后，调集民团再次向藤桥进犯，敌兵不断增多，我军在田尾村久战不利，遂收兵退守藤桥圩。军民连夜挖战壕，设置障碍物，竭尽全力保卫红色政权。3月初，敌人见强攻不能奏效，就从海陆两路并进，调集2000多人包围了藤桥圩。军民齐心协力，用木板、柴草、沙土、杂物等堵塞闸门。敌人用牛车拉着铁炮准备轰击西边的闸门，红军战士把炸药装入玻璃瓶做炸弹，把敌人的牛车炸毁。

王鸣亚见打了几天，都未能进入藤桥坪，就派了反动分子李尊周来喊话。李尊周以自己是李茂文同族兄弟的架势，拉开嗓子叫喊："茂文啊，你的哥茂生已被杀死了，你的弟弟茂松也已被逮捕，你应该悬崖勒马，回头是岸……"李茂文一听，怒不可遏，大声斥责说："李尊周你这只跳蚤，看你还能跳几下，等着我们结束你这条命吧！"李茂文大义凛然的形象，鼓舞着全体军民同仇敌忾，斗志昂扬，坚守阵地。我们被困在狭小的圩街内，粮食弹药不断减少，虽然几次有援军前来，但敌军的包围圈还是未能打破。

直到3月17日早晨，我们300多人才从藤桥撤出转移到仲田岭，但敌人又追赶上来，我们临时决定向保亭撤退。我们还不知道驻在这里的陵水农军指挥、黎族奥雅（头人）王昭夷已经叛变，他设宴招待了我们。3月26日下午3点左右，忽然枪声大作，我感到情况有变，急忙跟着群众往山上跑。晚上王昭夷领着1000多黎人持枪，带着猎狗搜山。我被捕后敌人端着刺刀逼我脱掉帽子与衣裤，我愤慨地对他们说："你们这帮人，怎么连块遮羞布都不给我？"一个50多岁的黎人看了我一眼，丢给我一条薄短裤。我被押进一间砖墙房子，和许多被抓来的群众关在一起。为了不让敌人看出我的身份，我故意把自己搞得蓬头垢面，准备蒙混过敌人逃出去。后来，我发现坐在旁边的是一个赤卫队员，就细声和他交谈起来，他给了我一件旧上衣。第二天早上，黎人送来两箩干饭，守门的人忙着去盛饭，我趁机走到门外拿起一顶竹笠戴上，提起一根扁担，装成挑夫的样子，逃离了这座房子。到了野外，我拼命地向东跑，于第三天到达陵水县红军指挥部。这才知道，李茂文、张良栋、陈可源等同志在赴宴返回途中遭伏击身亡，从藤桥来的 300 多人被捕杀了 100 多人，其余人员都被打散了。

藤桥起义的队伍虽然被打散了，但撒下的火种是永远扑不灭的。

藤桥突围和保亭营血案[*]

王文源

1928 年 2 月 18 日到 21 日，特委在乐会第四区阳江坪召开琼崖第二次党代会，决定由参加过广州起义的国民革命军第四军原警卫团团长梁秉枢同志充任东路军总指挥。并根据特委领导李源和王文明的指示，成立攻崖指挥部，组织东路军南下，再次攻打三亚进而攻取崖城。还指定保亭地区的黎族头人、陵水县苏维埃政府委员、农军总指挥王昭夷为攻崖指挥部负责人，谢育才为第二营营长兼攻崖指挥部参谋长。当时我已调到特委工作，王文明找我谈话，叫我到攻崖指挥部去任党团书记。

3 月初，我和谢育才从乐会四区东澳港乘船到海田登陆，然后前往藤桥圩。我俩到藤桥时，敌军在王鸣亚的指挥下已开始围攻藤桥。王鸣亚实力强，除了他自己的一个正规

---

* 本文节选自《革命军东路掀风暴》，收录时做了适当修改。

军连外，又通过威逼利诱等手段招募到一支不下 2000 人枪的少数民族武装，并跟临高渔民购买了许多荷兰炮（土炮）。王鸣亚招兵买马的钱财有相当一部分是从我们手中抢去的，我们的 7 艘运输船给特委运送货物时，与逃到海上的王鸣亚残部相遇，交战中船搁浅了，船上载的价值 2 万多光洋的货物被王部尽数劫去。

当时，我驻守藤桥圩的部队仅有 3 个连队，还有农军 100 多人。我军已在圩内筑好了简单的防御工事，工事是一道刺篱，刺篱外面还挖了道壕沟。这样的工事虽不算坚固，但只要弹药充足，敌人是不易攻克的。敌人也在藤桥圩外围筑了工事，设了据点，他们以圩东南的关公庙作为一个据点，在圩之西北面则利用村庄中坚固的房屋做据点，在圩镇之东北面也设了一个据点。我们到达该圩的当天，我军发动了一次反击，谢育才和我指挥 连和四连突击圩外，对外围的敌人施以反包围，我们从北门冲出，敌人全部退进工事里进行抵抗。我军因弹药缺乏，火力不足，无法攻入敌工事，结果还是收兵防守。

我们先后两次派通信员前往陵水和保亭营搬救兵，陵水方面没有消息。我们在藤桥守了十多天，躲在老家保亭营的王昭夷派人送信来，说马上调援军来解藤桥之围。我们等了几天也不见王昭夷的人来，后来才知道这个投机革命的家伙已经与王鸣亚同流合污了。没有援军，再苦撑危局已经没有多少意义，为了保存革命力量，我们决定从敌人没设据点的东面突围。敌人好像和我们想到一块儿了，他们赶紧在东溪河岸筑起了工事，这样我们突围也困难了。当时，在圩内的武装除了三个红军连之外，还有地方农军和临时组织起来的火药枪队，约500人，还有好几门荷兰炮，枪炮是不少，但弹药很有限。我们爬到屋顶上去侦察敌情，寻找突围的时机。

在我们决定突围的第二天，敌军向我发起进攻。在北街的壕沟中防守的是临时组织起来的藤桥圩工人药枪队，火力很弱。在我们准备固守的地方各有两门炮，但也只有炮筒中的火药，没有预备火药。上午10点左右，敌人以安装了厚且硬的荔枝木板的牛车做掩体，向我防卫前沿攻来。我们知道牛车内装载着人和爆炸物，但我们的步枪奈何不了它，牛车离我们工事十多米时，我们首先点燃了一门口径小一点的荷兰炮，但因装弹药的人是外行，装进的生铁弹丸比火药多得多，力量小，发射不出去，不起作用。我其实也不懂打炮，但兵临城下，敌人攻到我们跟前来了，大概也是情急智生，我点燃了另一门口径较大的荷兰炮，一声巨响，牛车被打翻了，但木板厚，没伤着敌人，只把敌人吓跑了。

陈可源在圩东南面一间凸出的房屋中指挥战斗，他那边是敌人的主攻方向。敌人从海上增兵，运来不少荷兰炮，轰倒了我们把守的许多房屋，打死打伤我们不少人。这时，陈可源指挥部队用厚木板加固工事坚持战斗，但还是抵挡不住敌人的进攻。危急关头，敌人的荷兰炮装弹失误，炮筒爆炸，自伤了不少人，不得不停止对我们的攻击。

经过一天的恶战，我们觉得难于坚守下去了，于是决定趁敌人暂停攻击的间隙突围。夜里8点开始撤出阵地，谢育才率领第一连当前卫，首先冲了出去。接着是群众和药枪队伍，这一批人由于数量较多，行动又不够迅速，刚出圩门就遭到敌人截击，全部退回圩里。本来我是负责指挥第四连断后掩护群众撤退的，但群众已拥挤在前，我们冲不出去。补充连撤退心切，不到时间就开始焚毁房屋等设施，以致冲天火光搅得人心惶惶秩序大乱。我又率领第四连冲击东南面的侧门，但门上了锁，有些人慌忙从工事一侧的栅栏缺口爬出去，但动作慢，容易造成伤亡。我找到工具把锁撬开率先冲出去，下令让他们跟上来。除了我身边十多位同志外，在后面的全都跑散了，我只好带着这十来个人朝敌人防守不严的西面冲出去。过藤桥溪时，我腿部中了弹片，但伤势不严重，带领队伍从西北面敌人据点旁边蹚过藤桥溪的一道支流，最后只有几个人随我退到洪李村。这时已是下半夜了，这里聚集了百多人，都是从藤桥圩冲出来的。大家研究撤退方向，决定立即退到保亭营去，否则，敌人追兵一来，我们是很难招架的。

陵水农军指挥部就设在保亭营。天亮时大家退到北边山上，在山上又收容了部分从藤桥撤出来的同志，这时红军共有80多人，土药枪队有180多人，还有洪李村的民众200余人，由熟悉地形的同志做向导，我们武装队伍组织好，有战斗力的走在前头。我们避开了所有可能与敌人遭遇的大路，专拣人迹稀少的山径走。从早晨一直到下午4点才到达从保亭营旁边流过的七弓河南岸。

我们首先派人与保亭营地方武装首领符学清联系。符曾与我党合作过，我们希望再次得到他的支持。事实上，这时的符已经与王昭夷狼狈为奸了，符把我们投奔保亭营的情况报告给王昭夷。王疑心我们的到来对他不利，开始不让我们进营，后来了解到我们的队伍已经弹尽粮绝，对他没有威胁了，才同意我们进他的营地。此时，符与王已经设下陷阱让我们跳了。

到保亭营后我们首先把散乱的队伍做了简单的调整：80多名红军编成一个连，张开泰任连长，黎国炳任党代表；土药枪也编成队伍。全部武装人员由陈可源统一指挥，我任副指挥。然后，派员到陵水报告在那里指导工作的特委委员陈垂斌，第三天陈垂斌派他的胞弟陈文光到保亭营传话，大意是陈垂斌令王昭夷指挥我们的武装和黎民武装反攻藤桥。当时我对陈文光说："王昭夷的叔叔王勋态度不善，我们自己的武装人员又不多，弹药全无，王昭夷一个连也没有什么战斗力，而王鸣亚力量强大，反攻是有困难的。"我们几个干部都认为眼下还不是反攻藤桥的时候，陈文光听了也觉得他哥哥做的这个决定不切实际。大家一时拿不定主意，于是叫陈文光出面与王昭夷联系。

陈文光兄弟俩与王昭夷叔侄俩有过一段同学交情。王邀请陈文光和我们干部于 3 月 26 日到他家喝酒，说是商量反攻事宜。对去不去赴宴这个问题，我们是有考虑的。为了尊重少数民族习惯，同时考虑到目前应尽力争取这股少数民族武装力量，我们商议后决定由李茂文、张良栋、陈可源、陈文光四位领导同志，带三名警卫员和一个战斗班赴宴，我留下来掌握队伍以防万一。他们上午 10 点依约前往什聘村王昭夷家，下午 4 点仍不见回来。不久张开泰对我说："有人看见王鸣亚的 30 多名驳壳枪手到王昭夷家来了。"我听了大吃一惊，感到情况不妙，忙叫张开泰立刻回连部组织好队伍，准备应付事变，我先到冯建农处请示。冯建农处事比较老练，但这次却有些例外。我刚提出问题尚未详谈，王昭夷的爪牙王均恰巧也来找冯建农，冯建农认为王均是共产党员，毫无戒备，当着王均的面把我提供的情况全抖了出来，我暗暗叫苦，连向他使眼色，可他不理会。王均冷眼看了我呵呵笑，说王昭夷过去和王鸣亚有过公开冲突，不会有叛变的可能。话音刚落，外面就传来了枪声，我担心的事情发生了。

事后才听说，"赴宴"的同志到王昭夷家时，酒席已经准备好了。我战斗班留在外面守卫，李茂文、张良栋、陈可源、陈文光携三名警卫员入席，陈可源就席时从衣兜子里摸出两颗菠萝型手榴弹赫然放在桌上，耍刀弄枪的王、符自然晓得，这两颗"菠萝"不是好吃的，但他们没用过这玩意儿，到底不清楚其脾气，见状便异口同声地惊问："此弹有多大威力?"陈可源恫吓道:"一颗就可以毁掉这间房子!"王、符闻之色变。原定以他们起身敬酒为信号发动袭击的,但慑于那两颗"菠萝"的威力,席间始终不敢动手。下午散席后,李、张、陈他们返回驻地途经七弓河时,王、符才下令埋伏在河边的反动黎民武装开枪,我"赴宴"人员当场遇难。

我顾不得许多,立即向连部跑去。可是晚了,王昭夷的队伍正向我连队宿营地射击,营地周围到处都是穷凶极恶的匪徒,并且后面还不断有人挥舞着梭镖、钩刀加入杀戮红军的队伍,匪徒们声嘶力竭的喊杀声和枪声响成一片。最急人的是我们的战士还没弄清楚是怎么回事,他们一点准备都没有,有的还在河里洗澡,有的还在睡觉,就倒在匪徒的刀枪下。猛醒过来的战士见此情景,端起早已没有子弹的步枪同敌人肉搏,但终因寡不敌众惨死在匪徒手里。剩下来的一些同志见势不妙,不顾一切地朝营地四周突围,然而这一带都是王昭夷的天下,哪能轻易逃脱呢!我们的 100 多位同志就这样被王昭夷的匪徒杀死在七弓河畔。

我们没有抵抗力,便朝西街跑。我晚到了,追不上队伍,蹚过了河,身边只有崖县团委书记杨善廷和藤桥的两名工人同志,我们都没有武器,我们只好朝河南岸逃。逃到山坳,山外面已全被受到王昭夷蛊惑的黎人包围了,逃不出去,只好潜入丛林中隐蔽。天黑了,我们爬到树上观察星斗,认定方向后便从东北方向逃走。我们刚走出山外,便中了黎民的埋伏，两名工人同志不顾一切冲了过去，我和杨善廷走在后面，被截住后只好返回原地与黎民周旋。天亮时看见 10 名被敌人打散的同志也往山中跑，不久，黎民粉枪队从四面包围过来将我们抓了起来。

我们分析黎民粉枪队中老人的心理，认为老人是比较善良的，便求救于一位黎族老人，说我们都是藤桥圩的工人，夜里逃难时跌伤了。老人打量了我们一会儿，大概是见我们身上血迹斑斑，样子有些可怜，便把我们几个人带回家中藏起来，还给我们做饭。我们估计第二天要被押送到保亭营登记，又恳求他允许我们休息两天才送去，他答应了。

管登记的是王昭夷的心腹，名叫辉春。我们进屋时他正好患疟疾，趴在桌上浑身发抖，他顾不得细问就把我们赶进西街的一间茅屋。屋里已经关了不少人，这时我才知道，敌人对捕来的人员是分别对待的：红军关在那个堡垒状的方形建筑里，工人、农民则随便集中在几间茅屋里。我这时是老百姓打扮，甚至有些蓬头垢面，他们没认出我来，让我进了"工人屋"。他们对工人、农民看守不严，只不允许我们随便走动。王昭夷手下的人有不少是认识我的，因为过去曾共过事，为了不让他们认出来，白天我和杨善廷几乎都躺在地上，用布片做的被单蒙住脸，装出一副奄奄一息的样子。这样过了几天，我和杨善廷决定逃出去，但我们都身无分文，后来串通了一个身上带着 5 元光洋的难友。一天夜里，我们三人逃出来，摸黑找到那位善良的黎族老人的家。我对老人说，我们已经登记了，可以走了，但回家的路不通，一时走不了，希望能在他家住几天，我们可以给他做工。老人很同情我们，马上答应了。在一旁的几个黎族青年妇女怕我们暴露身份惹出麻烦来，当即带我们到村后山中他们的寮房里藏起来。那里的黎族姑娘长到十五六岁，父母便为她们盖一间约4平方米的草房，俗称寮房。寮房既是未婚姑娘的闺房，也是她们与情人幽会、谈恋爱的地方。当天中午听到两声枪响，下午来探望我们的黎族妇女说，从藤桥逃来的人都送走了，其中有七八十人是被捆绑着带走的，临走前枪毙了。其中有一个很漂亮的青年，那青年挨了一枪还跳起来喊"共产党万岁"。"真是不怕死"，女人们钦佩地说，她们说的是红军连党代表黎国炳同志。

我们在寮房里藏了些日子，热情的黎族姑娘们每天都送饭给我们吃。不久，我们便告别了善良的黎族老人和姑娘们，又几经周折，克服了许多困难，终于在1928年4月将尽的时候回到特委驻地，向王文明等特委领导报告藤桥革命受挫的情况。

怒潮卷中原

王玉尧

1928 年 1 月 27 日夜间，在中原圩爆发了琼崖土地革命战争时期规模较大的一次起义，参加暴动的人数有 7000 多人。

常驻中原圩的敌兵有 100 多人，驻扎在圩西南那座改造过的比较坚固的城隍庙里。乐会县委决定采用里应外合的办法攻取中原，所以区委赋予我两项任务：一是组织区赤卫队参加暴动，二是物色暴动的内应人员。

我接受任务后，经过调查了解到：文治坡村人庞道修是在中原开杂货店的，他平时热心支持我们的革命行动，是位倾向革命的小商人。但他开始还是不愿意做暴动队伍的内应，主要是有思想顾虑，担心暴动不成功，遭反动派反攻倒算。

"7000 人难道还拿不下一个小小的中原圩吗?"我反问他。

他听了睁大了眼睛，问："你们有7000人？"

我说："那还有假？至少也是这个数，说不定还不止呢。"

他说："那么多人不用武器光用脚踩也可以踏平中原了。"于是，他毅然决定担当内应这个角色，任务是暴动枪声一响，就在市内纵火焚屋，使敌人里外不能相顾。

1928年1月27日，暴动准备工作就绪。当天，参加暴动的琼崖工农革命军第三营200多人和各区的农民赤卫队及群众7000多人，按照县委的命令，在夜色的掩护下从四面八方纷纷赶到乐会三区新坡村集中。

队伍到齐后，暴动总指挥、第三营营长符南强做了简短的动员，明确了行动计划和路线，队伍兵分三路进攻中原圩敌军据点。第一路是工农革命军第一连及二、三区的农民赤卫队，由陈哲夫连长指挥，以黄思为进攻出发阵地，向中原北边进攻；第二路是革命军第二连及乐四、新石区的赤卫队和群众，由符南强直接指挥，以山仙为进攻出发阵地，向中原西边进攻；第三路是革命军第三连及一区的赤卫队，由王学伟连长指挥，以上洋为进攻出发阵地，向中原南边进攻。

部署完毕，各路队伍按照指定方向和地点悄悄地出发了。符营长带领的第二路队伍自西向东抄捷径率先到达山仙村，另两路队伍也随后到达上洋和黄思集结，形成三面夹攻中原圩的态势。暴动队伍在市外围的神速行动，市内敌人毫无警觉，他们像往常一样驻在圩西南面的城隍庙里。这时，负责内应的庞道修和二区几名赤卫队员已事先潜入圩内，准备好了易燃品和工具，他们选定的纵火目标，是离庞道修开的杂货店不远的一个奸商开的店铺。

黎明前夕的中原显得格外的黑暗和宁静。5 点钟，符营长的手枪射出的子弹撕开了中原黑沉沉的夜空，顿时，在夜幕下蛰伏多时的暴动队伍高举着火把跃出进攻出发阵地，呐喊着朝中原圩冲锋，震耳欲聋的呐喊声把敌人还击的枪声几乎都淹没了，火把的光亮映红了中原圩黑沉沉的夜空。

第二路暴动队伍首先攻进中原，冲在前面的是第三连的全体官兵，他们涉过城下的秧地疾步迫近城隍庙，以猛烈的火力压住联防队，不让他们出击。紧接着是乐四区和新石区的赤卫队、武装群众近 5000 人，他们一手拿火把，一手拿粉枪、长矛、大刀等器械，似激流奔腾一样冲进中原圩的商业区，追打民团，没收奸商的财物。与此同时，庞道修等内应人员点燃了事前选定的店铺，刹那间烈焰熊熊、火光冲天，与千百具晃动的火把相映生辉。

第二、第三路的暴动队伍循着枪声和火光迅速向中原圩挺进。敌联防队看到如此猛烈的攻势，不敢贸然出击，龟缩在庙中负隅顽抗。符营长率领第二连战士迫近庙门，正准备破门而入歼灭敌人，敌人以猛烈的火力顽抗阻击，符营长不幸中弹负伤。这时已近天明，敌我阵地隐约可见，敌军有营垒可固守，我们没有掩体，天亮之后将完全暴露在光天化日之下，继续强攻显然对我不利。符营长强忍着伤口的剧痛，果断地指挥部队撤出阵地。敌联防队见我军撤退便追了出来。这时，正好王学伟带领的第三路队伍赶到，把紧追不舍的敌军压了回去，当场击毙敌军数人。我军在进攻前已在南门坡插上了数面做疑兵用的红旗，敌军见状，摸不清我军的底细，以为我军在南门坡设了伏兵，不敢再追，只好退回据点。此时，陈哲夫带领的第一路队伍也已进入了中原圩的北区，协同乐四区、新石区的赤卫队和群众，击毙了数名反动分子，没收了奸商的一批药品和其他物资。

7点钟，三路暴动队伍全部在南门坡集中，符营长召集各路队伍的指挥员开会。大家认为，中原地势平坦无险可守，并且敌军随时可能得到救援而大举反攻，因而决定撤退。暴动队伍披着晨曦、挑着战利品，浩浩荡荡地撤回乐四苏区。

这次中原暴动，给反动派以应有的打击，牵制了敌人的兵力，使敌军东路联防队不敢贸然南下万宁，万宁县党组织得以从容地举行全县总暴动。同时，也为乐四区革命根据地的巩固和土地革命的深入开展，创造了有利的条件。

嘉积暴动[*]

陈邦兴

1928 年 2 月 1 日夜间，中共琼东县委发起了嘉积武装暴动，对东路以及全琼各县都产生了很大的影响。

嘉积是琼崖东部的一个重镇，位于琼崖东部平原地带，水陆交通方便，陆路有一条南可通万宁、陵水，北可通海口、府城的公路，水路有发源于五指山脉、横贯琼海县境的万泉河，历来是琼崖兵家必争之地。

琼崖四二二事变发生前，国民党琼崖当局派第十一师三十三团黄镇球部廖尊一的营驻扎嘉积。廖尊一到位后立即组织反动商团武装，委任何清雅为嘉积商团团长，何清雅即着手构筑工事，布设暗岗暗哨，使嘉积一时间处于森严戒备之中。廖尊一见何清雅"治军有方"，不久又晋升他为东路联防大队大队长。周围许多在农民运动和武装斗争中受到革命

---

* 本文原标题为《忆嘉积暴动》，收录时做了适当修改。

洪流冲击的残渣余孽也纷纷逃到嘉积，寻找避难所，继续兴风作浪。嘉积的反动派为阻止群众起来暴动，采取了严密的防范措施，他们一方面封锁交通线，防止外部革命力量渗入；另一方面实行杀人、焚屋、掠物等残酷的手段，恐吓群众，以震慑人心，企图将群众的反抗情绪镇压下去。

琼东县委和嘉积特支根据琼崖特委的指示，认真分析了嘉积敌我有关方面的情况，就如何进行暴动做了部署。根据部署，在我党的力量有效控制之下的琼东一区、五区、六区区委立即组织农民赤卫队和群众，在乡村中巡逻、示威，并组织破坏队、宣传队配合行动；琼东四区区委组织小分队打击危害革命的反动分子，以鼓舞革命群众的斗志；县警卫连长王永瑞带领部分队伍潜入嘉积圩取得工人队伍的配合，袭击敌营。

我当时任警卫连政治指导员兼第二排排长，我的任务是带领二排参加并负责保护琼东一区、五区、六区区委组织的破坏队、宣传队的行动。我们首先是进行宣传发动工作，宣传队员唱着"自由被剥夺，受苦受难受压迫……拿起刀枪去战斗，跟着共产党闹革命，向前进，向前进！"这首《工农兵进行曲》，在沿途的房屋墙壁上、树上写着标语，内容有"农民一致起来暴动""打倒豪绅地主及一切反动派""没收地主土地归农民、士兵""建立苏维埃政权""土地革命成功万岁""农民、士兵解放万岁"等，搞得轰轰烈烈，吸引了群众前来围观，宣传队便在这时候向群众发表演说，介绍国内外、岛内外的革命形势，对近几个月来嘉积周围的一些村镇，如中原、琼东二区等地发生的暴动做了特别详尽的介绍，有力地鼓舞了群众。在宣传队的鼓动下，群情激昂，大家纷纷要求参加暴动斗争，群众斗争热情被调动起来了，暴动时机日趋成熟。

警卫连长王永瑞接受任务后，同琼东县农会的陈春华、交通员郭点成、琼东二区区委负责人郭点贵等具体研究了举行嘉积暴动方案，派交通员郭点成潜入嘉积同中共嘉积特支书记王新安联系，侦察嘉积地形和敌正规军及商团的布防情况及活动规律。郭点成和王新安经过反复侦察，基本上摸清了以上情况。当时嘉积敌正规军驻扎在东路中学，他们只警戒他们的营区，敌东路联防队驻在城北的一座祠堂里，嘉积每条街巷及各个进出口都有何清雅派出的联防队员把守，无论是晚上还是白天，他们对行人都盘查得很紧。不过，城内有条排污水的深沟直通万泉河，这是唯一没有敌人警戒的通道。

1928 年 2 月 1 日，在琼东县委和嘉积特支的统一领导下，全县各区委一致行动。靠近嘉积的一区区委集中群众从马村出发，经后坡、内园、看园一带村庄游行示威，虚张暴动声势，做出要冲击琼东县城塔洋的样子，牵制国民党琼东县衙的县兵队和民团，使他们不能顾及嘉积的安危。

琼东县衙的县兵队和民团见游行示威的队伍如此声势浩大，以为又要端他们的老窝，慌忙龟缩回据点，不敢轻举妄动。由赤卫队和革命群众组成的五区破坏队，在我带领的警卫连二排的保护、配合下，拆毁了嘉积到长坡公路上的好几座桥梁，以阻止文昌方面的敌军增援嘉积。王永瑞率领二三十名战士从良玖仔出发，经一区的鳌头埇、龙寿村和二区的孟里村往嘉积方向前进，顺利到达嘉积城门外。初春的夜晚寒气逼人，但战士们个个热血沸腾，斗志昂扬。王永瑞对整个行动做了布置后，便带队伍沿着臭气熏天的排污沟潜入市内。王新安领着嘉积特支发动的 40 多名工人和市民接应部队行动。里外两支队伍在预定地点会合后，即兵分两路，分别进入敌正规军营部和东路联防队驻地，向敌军的宿舍内投掷了三枚手榴弹，炸死炸伤敌军数人。这突如其来的爆炸把敌人炸蒙了，他们反应过来后整个兵营像个被捅了的马蜂窝，乱哄哄地四散逃窜。王永瑞指挥的战士们朝混乱之敌放了一排枪，然后纵火焚烧了敌军营房。在城内各处贴标语、散发传单。完成任务后，我军立即撤出城外。敌人惊慌失措，但摸不清我军的虚实，只好胡乱放了一阵枪，商团在城里四处搜捕，但一无所获。

这次嘉积暴动虽然对敌人杀伤不大，但它发生在敌营的心脏，影响还是不小的。同时也牵制了敌人的兵力，支援了全琼尤其是东路乐会、万宁的农民武装暴动。

答扬暴动[*]

韦孟勋

    1927 年四二二事变后，广东第六师范学生、共产党员王明熹与同乡魏邦义一起潜回家乡定六区开展革命活动。王明熹以他的母校答扬小学为活动中心，向师生和农民群众宣传马克思主义思想，发展骨干分子，开展农运工作。全琼武装总暴动爆发后，王明熹立即在答扬组织起 50 多人参加定安县西路讨逆军，并参加了澄迈县西昌区的武装暴动。暴动失败后返回定六区，继续开展革命斗争。

    区委为了配合各地的武装斗争，扩大农军的政治影响，决定举行一次武装暴动，消灭岭口程璧东民团。程为岭口地区的豪绅，他打着维持地方治安的幌子，购买了 20 多支枪，拉起了一支 20 多人的民团武装，自任团长。他口头上称民团隶属我军，但在行动上却不服从我军指挥。有一次，周典

---

* 本文原标题为《忆答扬暴动》，收录时做了适当修改。

漠、王明熹决定率领定六区、定七区农军攻打定城，命令他率领民团前往配合，程璧东不但按兵不动，而且悄悄派人到定城向敌人通风报信。我军察觉后，不得不放弃这次军事行动。区委和农军领导都看出了程投靠我军的不可告人的目的，清醒地看到：今天我们不吃掉他们，明天他们就会吃掉我们。

暴动前，区委召开了有县委、特委同志参加的会议，具体部署这次暴动，决定将暴动时间定在召开庆祝区苏维埃政府成立大会的1928年1月4日，借会后"吃鸡粥"的时机，缴程璧东民团的械。暴动由定安县东路司令周典漠和王明熹统一指挥。

然而，暴动计划不知怎么回事让程璧东知道了。

1928年1月4日晚，冷风呼啸，寒气袭人。答扬小学四合院灯火通明，人声嘈杂，附近村庄的群众早早就赶来拥挤在院子里等着看答扬小学演出队表演琼剧。8点左右，程璧东带着20多名全副武装的团丁进入会场，我们赤卫队也跟着各就各位。约8点半，王明熹宣布大会开始，陈文汉代表特委讲话之后，宣布成立定六区苏维埃政府，推举在当地群众中威信较高的答扬小学校长吴俊玉为主席。

散了会，学生演出队便开始表演琼剧。这时，周典漠、王明熹、程璧东等来到位于学校旁边的圣庙大厅里休息。周典漠对程璧东说："等一会儿叫同志们到学校食堂去吃鸡粥，就当是吃夜宵吧。"程心不在焉地支吾着。这当儿，程的小老婆拿着一件长褛假惺惺地对周典漠说了几句"关心"的话之后，硬塞给周典漠"御寒"——这是程行动的暗号。周典漠觉得蹊跷，却不知程的葫芦里装的是什么药，他一面应酬，一面站起来走出大厅，以防不测。王明熹等人也随即起身往外走。程璧东大喝一声："哪里走！打！"有准备的团丁马上"乒乒乓乓"放起枪来，顿时枪声大作，整个戏场乱成一锅粥。群众东奔西突，叫喊之声此起彼伏，没有实战经验的赤卫队在突然变化的事态面前显得有些惊慌失措。当大家知道出了意外时，周典漠已中弹牺牲，王明熹也身负重伤昏倒在地，赤卫队失去了统一指挥，无法组织力量控制混乱的局面。赤卫队员王明香等人奋力救出生命垂危的王明熹后，在同志们的掩护下迅速撤离答扬小学。

这次暴动，我们虽然在混乱中打死打伤了 12 名团丁，但我们也死伤了几位同志，周典漠被割去了首级，王明熹不久也因伤势过重牺牲了，他在弥留之际说："我不行了，看不到革命胜利的那天了。你们要吸取这次暴动失败的教训，继续坚持斗争。"

暴动失败后，特委及时召开会议，查找暴动失败的原因，吸取教训，决定继续积蓄力量，寻找机会，再行起事。

1928 年 1 月中旬的一天，魏邦义、陈有焕、韦崇孝等人探知程璧东将从岭口回家，便带着十多名赤卫队员在程回家必经之西山园埋伏，击毙了程的卫兵，狡猾的程趁天黑雾大钻进了路旁灌木丛里溜走了。事后，程多次出兵"剿掠"

我区委领导人的家，烧毁房屋，抢劫财物，还悬赏500块光洋要魏邦义、陈有焕的首级。不久，陈有焕被程的爪牙韦曹勋杀害。韦崇孝患了急性肺炎，不得不离开家到龙塘地区沙园村的亲戚家治病。岭口地区的暴动形势转入了低潮。

但区委、区苏维埃政府的同志并不灰心，他们继续坚持斗争。这年3月，魏邦义带领几名赤卫队员，打扮成闹军坡的人，到澄迈的西昌去找红军总司令冯平汇报答扬暴动情况。冯平对定六区委领导的暴动斗争给予充分肯定，要求尽快恢复区委和区苏维埃政府，领导人民继续开展武装斗争。魏邦义等从西昌回来，找到答扬小学校长吴俊玉等同志，共同研究恢复区委、区苏维埃政府事宜，并分头进行组织和联络活动。是年夏，特委派王业熹到定六区指导武装斗争和恢复区乡苏维埃政权等工作。韦崇孝病情好转后，也回来参加活动。不久，他们在楼坡村大财主吴某家召开会议，宣布恢复中共定安县第六区委员会和区苏维埃政府，由魏邦义任区委书记，韦崇孝、吴俊玉分别为组织委员和宣传委员，吴俊玉兼任区苏维埃政府主席，曾盛林任文书，王祥德任赤卫队队长。此后，在中共定六区党组织的领导下，岭口的革命活动又渐渐高涨起来。

到了4月下旬，严凤仪、张梦安等分别带领中路和西路的一部红军开进了岭口。区委经研究决定，立即消灭与人民为敌的程璧东民团。1928年4月29日一大早，我们赤卫队、群众和红军共2000多人，把程璧东民团的炮楼围了个水泄不通。开始，我们在炮楼周围点燃柴火，想叫程投降，可是程依仗楼高壁坚，紧闭大门，负隅顽抗。接着，红军发炮攻击，把炮楼打开一个缺口。我们正准备往里冲的时候，做联络用的"消息树"被风吹倒，攻城指挥员以为敌援军开到，立即下令收兵，狡猾的程璧东趁机夹着尾巴逃跑了。

这次武装暴动虽然没有完全消灭民团，但也有力地打击了反动民团的嚣张气焰，助长了红军和赤卫队的威风。

长坡起义

陈求光

1930 年，中共琼崖特委在第四次代表大会上做出了关于发动"红五月"攻势的决定。之后，琼崖红军在人民群众和地方武装配合下，掀起了一个声势浩大的以围攻民团和反动地方武装为主要目标的"红五月"攻势。特别是围攻敌炮楼、"蒸团猪"活动，搞得国民党胆战心惊。在琼东境内，红军和赤卫队拔除了敌人的多处据点，红军和根据地不断扩大，革命形势蓬勃发展，琼崖人民迎来了火红的岁月。

我当时是琼东县劳动童子团的负责人，我们的任务除了打土豪、分田地外，就是协助红军作战。红军独立第二师一团一营就驻在离县城不远的高原村。

1930 年 9 月 16 日上午，一营接到报告，驻长坡圩的敌海军陆战队又向根据地进攻了。一营营长说："敌人来了就把他消灭掉。"他当即命令一连连长刘昌雄带领全连跑步占领高山岭制高点，准备迎头痛击来犯之敌。县苏维埃政府的领导人也来到了营部，我也奉命组织劳动童子团，准备上阵。这时只见"冲"过来的白军有些异样：远远望去，他们和往常一样戴着大檐帽、穿着灰军装，可是，没有一个是端枪的样子。再仔细一看，前面还有一个女红军游击队员模样的人哩。这是怎么回事呢？正疑惑间，一营长接到了东五区苏维埃政府送来的情报："昨晚一连白军打死了连长韩镇疆和区团董孔厚甫后，去向不明。"联系眼前这些"冲"过来的白军，大家心里的疑团开始消散：莫非他们是起义的部队？为了防止有诈，一营长布置红军做好防变准备，同时命对方在原地待命，派代表前来谈判。

对方派来了两位代表，领头的叫蓝周清，他握着一营长的手，讲述了他们起义的经过。

1930年春天，为了镇压琼崖的革命运动，国民党将一个团的海军陆战队调到海南岛，接替保安队的防务。该团共3个营12个连，蓝周清所在的第三营九连就驻扎在琼东县的长坡圩，他当时的职务是少尉排长。海军陆战队到琼后，接二连三地"清剿"红军。蓝周清开始认为他的作战对象就是上司所说的"土匪"，但在作战行动中他看清了这些"土匪"完全是些真正的穷苦百姓，苏维埃政府在大树上、墙壁上留下的打土豪、分田地的标语，完全是劳动人民心底要说的话。这个正直的劳动人民出身的军人心想：我们怎能再这样去杀害这些穷苦兄弟呢？但上级的命令又不得违抗，迫于无奈，他只好阳奉阴违，几次进攻苏区时他都朝空中放枪，或者没看到红军就下令放排枪为红军报信。后来，他干脆有意把子弹留在红军追击的路上，好让红军拾获补充自己。

每次作战回来，蓝周清都要到连部报销消耗的子弹，领取子弹。九连的文书是反动连长韩镇疆的心腹，见三排长每次领取的子弹数量较多，就反复追问，并借故不发给他。一天晚上，蓝周清"清剿"回来，清理完装具之后对平时最要好的八班长陈某嘀咕起来："他妈的，又去镇压平民百姓，再这样下去真要憋死人了，真不如早早回家种红薯……"八班长同情地说："你说得倒轻巧，上面怎么会放你回去呢？……"不巧，这些对话被反动文书偷听去了，他添油加醋地向连长告发说："三排长蓝周清进行反动宣传。"韩镇疆欲定蓝周清进行反战宣传的罪，又找不到明显证据，于是，第二天召集全连大会宣布：由于蓝周清"剿匪"不力，撤销其少尉排长的职务，降为上士班长，并宣布：在新排长未到位之前，仍由其代排长职务。

"戴着上士军衔，又指挥 1 个排，这不是明摆在作践人吗！"士兵们私下议论纷纷，他们联系韩镇疆和文书合伙克扣军饷、随意打骂士兵的种种罪恶行径，反抗压迫的怒火在全连上下熊熊燃烧起来。

蓝周清被降职以后，他和八班长之间的接触更加秘密和频繁了，八班长支持他发动起义的想法，说："要干，我们一起干！"两人私下给几个相好的老乡做工作，准备找到可靠的向导，发动全连起义，投奔红军去！

事有凑巧，中共琼东县第五区女区委书记杨绍蓉头几天落入魔掌，被押在国民党琼东县第五区团防局，团董孔厚甫决定在 9 月 16 日利用集市将其杀害。蓝周清正苦苦思索设法解救她，突然心头一亮，杨绍蓉不正是一个起义的好向导吗？蓝周清找八班长商量，决定在 15 日晚发起起义，由蓝周清率一个班在连部首先打死反动连长韩镇疆和文书，八班长率一部分人到团防局，砸开大牢铁门，救出杨绍蓉，而后集合全连宣布起义，由杨绍蓉带路，投奔红军根据地。

15 日晚上 10 点，韩镇疆和文书正欲睡觉，蓝周清带一个班一声呐喊来到他们眼前，当即将其击毙。八班长带领的一路人马奔向团防局，首先打死了团防局的门卫，团董孔厚甫听到枪声知道大事不妙，抓起枪就冲向门外，脚刚迈出门就被迎面扑来的八班长他们击毙。接着，起义士兵涌向监狱，打死狱卒，砸开牢门，救出了女区委书记杨绍蓉。不到半个钟头，起义队伍顺利地实现了两项计划。蓝周清把全连集合在操场上，他激昂地说：“士兵兄弟们，罪恶累累的韩镇疆和文书已经被我们处决了，这是他们应得的下场！现在我们的目的只有一个，跳出苦海，投奔苏区，参加红军。我们要和贫苦的工人、农民、士兵一起，为解放劳动人民而奋斗！现在谁愿意参加红军的随我们一起去；不愿意的听便，我们不勉强！”

话音一落，一排长和二排长立即撕去头上的青天白日帽徽，异口同声地说："我们愿意当红军！"全连官兵也都撕下帽徽，一致高呼："投奔苏区，当红军去！"起义出人意料地顺利，蓝周清很是兴奋。他考虑到敌人可能会立即派兵消灭起义部队，决定立即离开这里奔向苏区。但是杨绍蓉听不懂他们这些来自广东、福建的士兵的话，就向她比画着讲"请带我们投奔苏区"，比画半天杨绍蓉也不明白他们说的是什么意思，反而认为是要她带路进攻苏区，就气愤地说："要杀要砍随你们，我决不给你们带路！"急得蓝周清直跺脚。

事不宜迟，蓝周清只好带领起义队伍拉着杨绍蓉沿着过去进攻苏区的路高一脚低一脚地往前走。杨绍蓉见他们走的路通向苏区，就千方百计加以阻拦。杨绍蓉越是阻拦，蓝周清越是着急，黑灯瞎火地走了不少弯路，走到文昌东坡村的占岭铺仔已是下半夜时分。队伍又折向重兴，这时东方已露出鱼肚白，虽然起义队伍都已很疲劳，蓝周清还是督促大家到达苏区后再休息。杨绍蓉也从疑团中慢慢明白过来，终于当了起义官兵的向导，直到 16 日上午 9 点多钟，起义队伍才来到高山岭和福石岭之间的草坪，遇上苏区的哨兵，经杨绍蓉和他们对话，知道这是东四区的范围。

蓝周清通过杨绍蓉向一营领导讲述了这一切，双方都非常高兴。红军的一连和起义的九连各自整齐列队，首先起义官兵向刘昌雄连长敬礼，一连战士向蓝周清敬礼，接着红军队伍和起义队伍互相敬礼，而后大家会合一起，紧紧握手、拥抱，互相问候，中午还特地杀猪加菜，慰问起义官兵。

第九连起义的消息很快被国民党海军陆战队第三营知道了，三营长王运华派人四处寻找九连的下落，并下决心消灭这支起义队伍。红军独立第二师领导分析了这一情况，决心利用欢迎起义人员的机会给白军以狠狠打击。于是琼东县苏维埃政府一面大造声势，宣传九连光荣起义，一面和独立师一起共同筹划，决定于 9 月 20 日在第四区高山乡的高郎村和福石岭之间的坡地上举行一次全县性的欢迎会。

20 日这一天，红军一团一营和县苏维埃赤卫队按计划部署在会场四周预定的地方。早上 7 点钟开始，四、五区各乡群众云集会场，少年先锋队和我所率领的劳动童子团穿着蓝布制服，操着各种各样的竹棍、红缨枪，唱着少年先锋队队歌和劳动童子团的歌曲，雄赳赳、气昂昂地进入会场。随后，以女同志为主体的青年慰问队，挑着各种慰问品、扛着蒸猪进入会场。接着，在掌声和欢呼声中，起义队伍进入会场，会议在热烈地进行着。

不出所料，会议在进行中，红一团接到哨兵报告：敌营长王运华亲自指挥着所属的两个连队，从长坡出发，分两路向苏区袭来。师政委陈振亚、一团团长陈海根立即指挥部队和群众武装行动，打得敌人抱头鼠窜，我军无一伤亡。

杀敌结束，欢迎会和祝捷会一起召开。

崖县的武装斗争[*]

王植三

1926 年 1 月，国民革命军渡海到琼崖，打败军阀邓本殷，在北伐军节节胜利的鼓舞下，琼崖农民运动蓬勃发展，几个月内绝大部分县、区、乡成立了农民协会，会员达八九万人。

1927 年四一二反革命政变扩展到琼崖，国民党反动派在海口、府城、嘉积等地血腥镇压革命，按照中共琼崖地委的指示，嘉积仲恺农工学校的共产党组织将学员分散转移到农村开展革命斗争，成立了由张开泰任书记的崖东三区党支部，发展党员，创办平民学校，扩大农民协会，发展和训练农民武装。

当时，红土坎有个盐田实业团（盐警队），张开泰通过关系与该团团长陈大裕拉上关系，并派出黎伯盖、陈世诚等

---

* 本文原标题为《崖县东部土地革命初期的武装斗争》，收录时做了适当修改。

八名立场坚定的农会会员混入盐田实业团当团丁做内应，准备夺取武器发展武装。1927 年 10 月，中共琼崖特委派李茂文、张良栋回藤桥，成立了中共崖县三区委员会，召开干部会议传达了八七会议精神，决定组织扩大武装，准备暴动，到 11 月暴动工作准备就绪。11 月 29 日，张开泰和陈保甲等人到盐田实业团同黎伯盖等接上头后，于夜半 12 点哗变成功，缴获步枪 12 支；归途中又击败灶仔民团，夺枪 6 支。第二天凌晨返抵军田祖庙，又集合农军 100 多人，一鼓作气奔赴椰子园和龙家坡村处决了土豪恶霸、反动民团团长龙鸿标和朱仕拔；接着进军藤桥圩，包围了国民党反动警察署，警察署长邢治炳和反动商团团长王访秋趁乱逃窜。由于被我事前争取的商团武装队长张昌浩按兵不动，我攻占警察署，缴获 10 余支枪，乘胜进驻藤桥圩，并于 12 月 1 日宣布成立崖县三区苏维埃政府。同时，琼崖工农革命军东路总指挥徐成章在攻占陵水县新村港后，率领第一营抵达藤桥，藤桥革命武装在工农革命军配合下围缴了商团步枪 50 余支，尔后将藤桥武装 90 余人编为东路军补充连，还组织了 4 个脱产农军连。

1928 年 1 月初，东路总指挥徐成章主持召开军事会议，讨论决定了进攻三亚的作战计划。1 月中旬，根据三亚之敌防御工事比较坚固，我军无攻坚火器的情况，采取调虎离山之计，先以农军猎枪队向敌阵地猛烈射击，然后佯逃诱敌出击，当敌打开工事的铁丝网门向我追击时，我预先埋伏门侧的驳壳枪排趁机抢占敌工事，攻进三亚街，继而集中全部兵力向三亚港推进。国民党崖县县长王鸣亚率反动武装主力乘船逃往海中，残敌将武器丢下海去拼命游水追船，我军二连泅水追击，毙伤一部逃敌，并打捞出部分枪支。我军仅用一天时间，就全部占领了三亚。

工农革命军主力进驻三亚的第三天，正准备继续进攻崖城时，连接琼崖特委三封急信，命令徐成章率队东上，配合第二营进攻万宁县城；留下第一连两个班，配合农军回藤桥圩保卫崖县三区苏维埃政权。工农革命军主力东调，敌王鸣亚乘机率兵反扑藤桥，当进到竹络岭和岭脚塘时，被农军第二连击退。接着，王鸣亚亲率突击队100余人于凌晨攻入藤桥，我军民奋勇反击，由张开泰率领两个班的兵力拼死向敌冲杀，毙敌30余人，敌惨败溃逃。不久，王鸣亚部又沿田尾、龙江、风塘推进，再犯藤桥，又被我东上返抵藤桥的工农革命军补充连配合农军一举击溃。

2月下旬，中共琼崖特委成立了攻崖指挥部，指定陵水农军总指挥王昭夷为总指挥，工农革命军东路军第二营营长谢育才兼指挥部参谋长，王文源负责部队党团工作。3月初，谢育才和王文源率第二营进抵藤桥，我藤桥守军已与围攻之敌王鸣亚部苦战三天，敌见我援军到达，即撤出围攻主力，在地主反革命分子蒙燕章等引导下转向我后方仲田、走马园和海上据点土福湾进攻；在切断我军后方补给线和海上交通后，继续围攻藤桥。我藤桥军民在内缺粮弹、外无援兵的情况下，以宰马、捉老鼠充饥，坚守三十二昼夜，终因弹尽粮绝，被迫于 3 月 16 日进行突围。由谢育才率领的一个连打先锋，向陵水新村港突围成功；后续部队和农军遭敌猛烈火力封锁，没有冲出去。县区党政军领导带领 100 余人的武装和六七百名家属向保亭山区撤退。

崖县党政机关部队和革命群众进驻保亭营后就地休整。此时已投靠国民党南路"剿共"指挥王鸣亚的王昭夷蒙骗我们，一面运来粮食"支援"，设灶煮硝制炸药，"准备反攻藤桥"；一面暗中派人通报王鸣亚，在七弓河畔设置伏兵。3 月 26 日，王昭夷以商谈反攻藤桥事宜为名，邀请我领导人李茂文、张良栋、陈可源到他家赴宴，饭后我领导人返回营地行至七弓河畔时，被其伏兵袭击当即殉难。敌得手后，即向我营地围攻，我军民由于无戒备和枪中无弹，除张开泰等少数人突出重围外，其余人员被敌人杀的杀、捕的捕，制造了骇人听闻的"保亭营惨案"。

张开泰突出重围，脚部两处负伤，在山林中饿着肚子潜行 15 天，到达陵水县北区东路红军第一营驻地。经两个月的医治，张开泰的伤逐渐好了，党组织又指定他任第一营副营长兼第三连连长。此时，正值敌人集中兵力向乐（会）万（宁）陵（水）地区进攻，张开泰奉令率第三连于陵水北区过路岭阻击敌人，与敌激战两天，终因敌强我弱被迫撤退。张开泰身上 9 处负伤，被抬到万宁的牛角岭密林中医治，数月后因敌人封山与组织断了联系，他只好以树叶野果为食，6 个月后到 1928 年底才返到崖县仲田岭，与以打猎、种稻度活而潜伏在岭上的陈儒充、陈保卿、陈贤德、黎学林、詹行城等十几人会合。不久，张开泰与他们共同研究，商定恢复地方工作和设法找上级党组织，张开泰受托找上级党组织，行至万宁途中恰逢上级党委派朱运泽下来找张开泰等。根据上级党委指示，张开泰返回仲田岭重建崖县三区区委，重新开展活动，恢复崖县三区的工作。

这时环境非常恶劣，敌人封锁严密，粮食很困难，为了打开局面，以仅有的一支驳壳枪下山杀掉了土豪恶霸蒙庆贵及反革命分子符文光，没收其粮食并缴获 1 支步枪；又找到从前隐藏的步枪 2 支、粉枪 5 支。有了武器后，先后两次伏击龙江民团，缴获步枪 13 支。1929 年 6 月 11 日，以杨道和为内应，袭击藤桥保甲团成功，缴获步枪 60 余支、短枪 10 余支，打开了斗争局面。

临高人民的武装斗争[*]

符英华

1926 年，中共广东区委和琼崖党组织派许多优秀共产党员来临高开展革命活动，他们一面发展党组织，一面宣传、发动和武装农民。1927 年 2 月初，中共琼崖地委委员、琼崖农民协会主任冯平筹办了临高农民运动训练所，我和全县各乡派来的 60 多名农运骨干参加了训练班，除学军事外，还学政治理论，并在学习期间，我们 10 多名学员被秘密吸收入党。

在党组织的领导下，在短短的时间里，全县各地相继成立了 60 多个农会，会员 2 万多人，能直接领导的群众超过三四万人；各乡镇成立了农民自卫军，县成立了农民自卫军总指挥部，冯平任总指挥，武装队伍达 3000 多人、长短枪 1000 多支，其声势之大、范围之广、速度之快，是临高前

所未有的。

正当农民运动蓬勃发展、革命形势一片大好的时候，国民党反动派发动了反革命政变，琼岛国民党反动派也遥相呼应，调兵遣将，发动大规模的"清党"运动，一时间腥风血雨，形势突变。4 月 23 日晚，叶肇的反动军队开进临高城，国民党左派开明县长周梅羹赶在叶肇大搜捕之前，不顾"通共"之嫌，密派其弟先通知了冯平，使我们中共临高支部全体党员和农训所全部学员得以迅速转移。党组织转移到农村后，冯平主持召开紧急会议，决定支部成员立即分赴各区农会，继续宣传、发动、组织群众，发展武装力量坚持斗争。

1927 年 6 月，中共琼崖地委在乐会县召开紧急会议，决定迅速组织革命武装暴动。7 月下旬，在冯平统一指挥下，我临高党组织决定里应外合攻打临高县城，实行武装暴动。当晚，冯平和王超带领的新盈农军和我带领的东英农军在临城近郊龙兰集合，然后开到县城北门外伺机行动。我和王荣先入城，与埋伏在县城的农军队长符蛟臣联系，打开县城北门，农军一拥而入占领了临高县城。县府警卫队遭到我农军突然袭击，措手不及狼狈逃窜。第二天，冯平以琼崖西路自卫军总指挥的名义贴出《安民告示》，宣传这次暴动的意义及我党政策。第三天，叶肇派 12 辆军车直驶临城。面对强敌，我军为了积蓄力量，主动撤回农村。

我军撤出县城后，为了团结一切力量，扩大革命武装，决定收编改造流窜在美台乡十三村、波莲乡乾彩村一带的土匪林国栋、吴冠山的队伍。之前，临高县国民党县长白深云曾试图"招安"林、吴，结果没有得逞。我们采用缓兵之计，带领东英自卫军几百人到林、吴活动地区驻扎，造成声势，同时通过内线进行引导教育。我在新盈镇彩桥村有个姑妈，姑妈村里的懒仔王不雄和林国栋、吴冠山关系密切，我们巧妙地利用此关系与林、吴联系，经多次和林、吴接触，反复宣传教育和政治攻心，林、吴终于归顺我们，并将其队伍开往美夏居好村，编入我琼崖西路讨逆军第二支队。

1927 年 10 月上旬，琼崖讨逆革命军总司令冯平指示临高的讨逆军和儋县农军统一行动，在"双十节"前后攻打儋县县城新州镇。10 日晚，我和王政平带领临高讨逆军和农军 200 多人，从抱才港乘三艘船出发，傍晚在儋县的泊潮港登岸，与儋县党组织负责人黄金容、张兴等带领的讨逆军和农军 400 多人会合。11 日早上，临、儋武装队伍向新州挺进，敌政警队 100 多人面对我突如其来的行动惊慌失措，只得仓促应战。经过一天一夜激战，我军占领了儋县县城，打开监狱，救出党员及群众 100 余人，并宣布成立临时革命政府。后由于敌人疯狂反扑，敌我力量悬殊，我们主动放弃新州进行转移。

1928 年春，临高人民又连续发动了和舍和南宝革命暴动。2 月 6 日，临高反动县长林明伦同议员许汉章等到和舍观看地主许亮承办的垦殖场，并准备在和舍圩进行反共宣传。我军获悉情况后，郭云青、黄开礼、邱开帮、林桂芬率领自卫军埋伏在和舍近郊公路旁，等林明伦一伙进入伏击圈，自卫军一齐开火，王义安、许汉章当场毙命，林明伦窜入密林逃跑了。自卫军伏击敌县长、打死参议员的消息传开后，广大群众奔走相告，拍手称快，农军声威大震，革命力量迅速发展。

1928年3月23日，郭云青、黄开礼等又带领300多农民自卫军浩浩荡荡开到和舍圩，农军高呼"打倒国民党反动派""打倒土豪劣绅"的口号，向群众演讲，阐述我党的方针政策，并将反动豪绅赖鸿业枪毙示众，烧了许多反动豪绅的田契、账簿。武装暴动队伍在和舍巡逻放哨、维持治安，坚持数天之久，后在叶肇反动军队镇压下分两路撤退。南路由郭云青、黄开礼、谭玉美率领向木排山林撤退，至石平途中，被敌人重兵包围两天，由于缺水短粮、弹药不足，除少数同志突围外，大部分同志英勇牺牲；另一路由邱开帮率领退到东江转入澄迈西昌，与冯平的队伍会合。为了改变局势，琼崖工农红军总司令冯平决定带领农军攻打澄迈县城金江镇，但敌众我寡，且敌军依城墙防守严密，我军几次冲锋没有取胜，最后被强大敌人包围，在突围中冯平受伤，由于叛徒出卖，冯平等被捕，后在金江刑场壮烈就义。

英勇顽强的临高人民没有屈服于反动派的屠刀，南宝农民自卫军又举行武装暴动，在4月上旬的一天，从郎基出发攻打南宝圩，几百名自卫军冲向反动土豪陈关球和陈玉高家，当场打死了这两个恶绅，抓住土豪劣绅庞成卿，当众宣布罪状就地处决。农军估计到国民党军队会来"围剿"，便向乐全、郎基一带转移，疏散隐蔽，转入秘密活动。

和舍、南宝革命暴动后，琼崖红军西路副总指挥冯道南到澄迈、临高一带继续开展革命活动，建立农民赤卫队，创建武装割据的红色政权。西路红军第三连和农民赤卫队并肩作战，多次击败反动民团的围攻，于 1929 年秋收期间，在澄临交界的敦隆成立了澄临边区苏维埃政府，领导开展土地改革，打土豪、分田地，整个边区呈现一派翻身的欢乐景象。

1929 年冬，红三连奉命转战开辟新区，外逃的土豪劣绅勾结国民党政府，纠集反动民团反攻苏区。1930 年 1 月 31 日，国民党反动武装和地主民团重重包围了边区政府所在地武维村，赤卫队和区乡干部一边奋起还击，一边组织党员、家属、群众火速转移。由于赤卫队势单力薄，武维村失陷，革命工作又转入了地下。为了恢复边区工作，边区党委决定调南宝赤卫队到边区与龙波、皇桐等赤卫队会合整编，在龙波乡美洋村成立西路红军第四连，与赤卫队互相支援，紧密配合，取得了一些战斗的胜利。

1930 年下半年以后，临高农民武装斗争进入低潮。1935 年 5 月，琼崖特委又派冯安全、王乃策等来临高恢复党组织，重新组建中共临高县工作委员会，又组织起琼崖红军游击队澄临支队。1937 年，正式成立了中共临高县委，临高人民在县委领导下，又以坚定的步伐投入了新的战斗。

南澳渔工起义[*]

黄老鸭

1928 年，林奕明、蔡盖清、陈戊等隆澳地下党员来到山顶村做宣传发动工作，林奕明对我说："渔民应该组织起来，与渔业资本家做斗争，反对渔霸的剥削和苛捐杂税。"因风声泄露，1929 年初林奕明被国民党县府逮捕。

1930 年 6 月 23 日早晨，蔡盖清、陈戊利用刮风天渔民不能出海的机会，串联渔民二三百人，手拿竹槌、桨棍、渔刀，到县府前请愿，要求释放林奕明。国民党县自卫队长命令基干队二三十人持枪上金山炮楼，威吓群众，渔民仍不撤退。群情激昂，国民党当局被迫释放了林奕明。

斗争胜利后，蔡盖清认为打铁要趁炉火热，渔民应立即组织起来对付国民党。当天下午，在山顶村桥边华侨周大隆的屋里，召开了 20 多人参加的秘密会议，商量将渔民公馆

---

* 本文原标题为《南澳渔工起义的经过》，收录时做了适当修改。

这一合法的渔民群众组织活动场所改为地下革命组织活动点。隔月，在前江埔公开成立南澳渔民公馆执行委员会，馆址设在山顶村桥边周大隆屋里。

1930年8月10日下午，国民党第二区联防局副局长兼助理员章声敬派爪牙吴发、章声雄、吴承连等人，利用渔民出海之机，在新市逮捕了蔡盖清。陈戊当时正准备找蔡盖清商量和渔霸斗争的事，看到蔡盖清被捕，乘隙逃跑。陈跑回渔民公馆，通知郭释、林鸡、林振奎等人，赶快转移上山，自己则暂撤往大陆。蔡盖清遭逮捕后，被押解至汕头囚禁，于9月23日被杀害。

同年9月初，陈戊又带12名大陆武装人员和徐海潜回南澳岛。那天深夜，他到我家，对我说："老鸭呀，红军司令来了，我们要缴章声敬他们的枪，你现在去通知骨干，明天夜里到大沟脚碰头。"我通知了八九个人，一起连夜来到大沟脚集中。来的领导人叫楚南，同行的还有几位大陆来的武装人员。会议决定这次行动的目的是劫枪，攻打县府，建立苏维埃政府，让我们渔民当家做主。

9月25日，100多名渔民集中在蒲羌坑西侧的旗杆夹准备暴动。行动前，楚南动员说："同志们，蔡盖清被国民党杀害了，他是为渔民而牺牲的，我们要为他报仇。我们这次武装暴动，要对准地主、渔霸、资本家。在暴动中，一切缴获要归公，不要伤害老百姓。这次劫枪，先劫后宅，抓章声敬，后劫云澳。"众人认为云澳兵少，提出先劫云澳，得到同意后，我们即派人伪装送信到云澳妈宫、溪仔头和北帝爷庙等处敌军驻所，迷惑敌人哨兵，掩护群众行动；另外派一部分人到云澳外围埋伏，一听到枪响，便高举大红旗助威。

劫枪时间定在当天下午 4 点钟，分三路行动。我参加劫妈宫这一路，由陈戍、郑则保带队，楚司令等同路。我们假装到妈宫拜妈祖，到达目的地后，陈戍点燃鞭炮发出信号，负责假送信的人，分别把信递给三个点的哨兵，乘哨兵接信之机，臂上缠红布为标记的渔民趁机冲入敌营，正在吃饭的国民党兵弃枪逃命，劫枪成功，我们共缴获枪支 29 支。在外围埋伏的渔民举起手中的大红旗虚张声势，国民党逃兵见状，不敢过乡到后宅报信。劫枪后，渔民又乘机逮捕桁槽主（渔业资本家）陈义园，逼其交出白银 200 两。奇袭云澳区敌军获得成功。

黄昏，我们在蒲羌坑整训，将各种枪支和子弹配搭好，分给参加暴动的渔民，大家有了武器十分高兴。楚司令、陈戍、徐海、郑则保等都讲了话，赞扬同志们的勇敢精神，鼓励大家明天劫枪时再大干一场。

第二天早晨约 7 点钟，我们吃了早饭，然后又兵分三路向县城后宅进军：一路往鲤鱼山，一路往宫前，一路往山顶村。我参加打山顶村那一路。9 点钟左右，三路人马包围了后宅，因后宅敌军去救援云澳，只有警察所的侦缉队三四十人，很快就被我们赶到鲤鱼山后去了。这时广大渔民纷纷响应暴动，队伍增至 300 多人，很快冲进县城，到达国民党县府，砸毁警侦队部章声敬的家及其公司等处。

不久，国民党兵从云澳转回来，但他们惧怕我们的声势，不敢入乡。山顶乡反动分子柴头风向敌军告密说："共产党人少，勿惊，可以下山。"于是，敌军下山入乡，我与黄振鸣、袁亚柱等十多人在龙地乡头的大沟阻击敌军。战斗中袁亚柱腿部受伤，三名大陆武装人员在妈宫庙前杀出来，掩护我们撤退到鲤鱼山。上山后，我们发现楚司令和邢振声等人未上山，又下山掩护他们上山来。敌军在山下围困我们，郑则保、邢振声同志带一些人转移到旗杆夹，其他人上大湖。午后，我们退到猪母崎山村休息，楚司令鼓励大家勿灰心。

当晚，我们又撤至大湖根据地。山顶乡渔民陈坑等人摸黑给我们送来面包、面稞等食物，并报信说："章声敬派兵搜家、掠人、封厝。"隔天中午，敌军又派三艘军舰来增援，登陆后兵分两路，一路去云澳，一路到大湖围攻我们，我们好多人被冲散。楚司令对大家说："现在形势对我们不利，我们人少，与敌人打下去，有被消灭的危险，南澳是个孤岛，无退路，必须设法撤往大陆。"

我们按照楚司令的布置，分头转移。我们 10 余人辗转各地，后往福建寻找革命组织未果。有许多参加暴动的渔民遭到杀害。这次渔工起义虽然最终失败了，但有力地打击了当地的反动势力。

英姿飒爽娘子军

王时香　庞学莲　符　仙

　　1930 年秋，琼崖革命形势一片大好，苏区不断扩大，各级苏维埃政权纷纷建立，中国工农红军第二独立师宣告成立。革命形势的迅速发展，使富有光荣斗争传统的琼崖妇女的革命积极性空前高涨。1931 年 3 月 26 日，全琼工农兵第三次代表大会胜利闭幕，在闭幕会上，乐会县赤色女子军连宣告成立。

　　乐会县赤色女子军连建立后，琼东、乐会、万宁一带苏区的妇女更加积极要求参军参战。为了发挥琼崖妇女在革命斗争中的作用，琼崖特委决定成立女子军特务连，采取三三编制，建制归红三团。消息传开后，苏区的妇女奔走相告，立即有数百名青年妇女报名，后经严格挑选审查，批准了 100 名女青年参军。

　　1931 年 5 月 1 日上午，当火红的太阳染红了大地时，乐会县苏维埃政府的操场上已经是人山人海了。操场的一侧搭起了一个临时主席台，主席台上方悬挂着"女子军特务连成立大会"的醒目横幅，四周挂满了彩色三角旗，主席台正中挂着镰刀斧头红旗。参加大会的有劳动童子团、少年先锋队、赤卫队和苏区群众共万余人，红军独立师师长王文宇、政委郑大礼特地赶来参加大会，独立师三团团长王天俊、乐会县苏维埃政府主席符良清也参加了大会。

当佩戴着袖标、全副武装的女子军特务连战士排着整齐的队伍进入会场列队在主席台前时，群情鼎沸，欢呼声、赞美声汇成一股巨大的声浪。在人们的欢呼声中，女子军特务连连长庞琼花走上主席台，她庄严地接过师部授予的连旗，鲜红的连旗上写着"中国工农红军第二独立师第三团女子军特务连"；指导员王时香代表全连女战士表示决心，全连指战员面对军旗举手宣誓："坚决服从命令，为革命奋战到底！"接着，特务连的女战士们迈着矫健的步伐接受师首长的检阅。

女子军特务连成立后不久，乐万地区"剿共"总指挥陈贵苑便带着几百名国民党地方军开进中原圩，向革命根据地"进剿"。红三团决定诱敌深入，予以围歼。26日，红三团大张声势地离开乐会苏区，向万宁县城进发。当天夜晚，又神不知鬼不觉地回来，埋伏于中原通往苏区的必经之道——沙帽岭的峡谷山林里。陈贵苑果然错误地认为红军主力已进发万宁，这里仅剩下女子军特务连防守，便于27日带领几百人分两路杀气腾腾地向县委和苏维埃机关驻地进攻。敌人进入沙帽岭与女子军特务连遭遇，女子军特务连佯装败退，得意忘形的陈贵苑狂叫："都是女的，谁抓到就赏给谁做老婆。"敌兵蜂拥而上。当敌人进入红三团的埋伏圈后，军号吹响，杀声震天，枪声、爆炸声震撼山谷，敌军遭到猛烈打击伤亡惨重，慌忙后退突围。另一路败军听到沙帽岭的枪声一阵紧似一阵，知道形势不妙，但又不敢前来助战，只好缩回据点。这一仗打得很漂亮，毙敌100余人，俘敌陈贵苑以下70余人，缴枪146支、子弹1000余发。女子军特务连的英名从此传遍全岛，后来被誉为"红色娘子军"。

　　沙帽岭战斗后，驻在文市炮楼的国民党民团中队长冯朝天嘲笑陈贵苑是输给"红军婆"的"草包"，并口出狂言："那些娘儿兵们若碰上我三爹就统统抓起来，每人配一个做老婆，那女连长就做我的压寨夫人！"就在这时，女子军特务连随红三团把文市炮楼包围起来。文市炮楼外围有一道铁丝网，网外是一片开阔地，敌人的火力封锁严密，强攻不易奏效，红军决定把地道挖到敌人炮楼底下，然后堆起柴草火烧炮楼。挖地道只能在晚上进行，为了不使敌人听到声响，便故意吹起冲锋号，同时扎起稻草人引诱敌人开枪。到了第四天拂晓，地道已延伸到炮楼底下，这时女战士们高声喊道："团丁们，投降吧，不然就要蒸猪头了！"炮楼里的敌人不知道已死到临头，仍然油腔滑调地说："阿妹要想吃烧猪就进炮楼，阿哥不会亏待你。"熊熊大火燃烧起来了，很快整个炮楼便被火海所吞噬，敌人尝到了"蒸烧猪"的味道，赶紧从炮楼上丢下枪支，举起白旗投降了。

女子军特务连声威大震，苏区的妇女更加羡慕娘子军，要求参军的更多了。于是，琼崖特委决定扩编女子军特务连，原女子军特务连从乐会四区调往琼东四区，在红军独立师师部担负警卫任务，归红一团建制；抽出1个排，吸收女青年扩编为女子军特务连第二连，归红三团建制。第一连原连长庞琼花调离，由冯增敏任连长，指导员是王时香；第二连连长是黄墩英，指导员是庞学莲。

1932年8月初，广东军阀陈济棠派警卫旅旅长陈汉光带领其所属部队和空军一个分队"围剿"琼崖红军。当敌人向琼东乐会苏区大举进攻之时，特委决定留少数部队在苏区坚持斗争，琼崖特委、琼崖苏维埃政府和红军独立师师部由女子军特务连及警卫部队掩护，向母瑞山地区撤退。当撤至定安马鞍岭时，敌人追了上来，女子军特务连和红一营留下阻击敌人。战斗持续了三天三夜，打得极其艰苦；女子军特务连在和红一营完成阻击任务后，又留下第二班负责掩护阻击部队撤退，全班战士在弹药打尽的情况下同敌人展开肉搏，最后全部壮烈牺牲。

琼崖党政军机关转移到母瑞山后，敌人又步步为营，在飞机配合下大肆"围剿"。在反"围剿"作战中，红军损失严重，特委和师部决定部分红军突围，向乐四区根据地转移。女子军特务连部分战士突破敌人围堵，在乐四区沙帽村与女子军特务连第二连会合。不久，敌人大部队又突袭了乐四区根据地，红军损失惨重，为了保存革命力量，红军余部和机关工作人员化整为零，分散各地隐蔽。琼崖革命第三次走向低潮，女子军特务连也随之解散了。

女子军特务连虽然不存在了，但女战士们仍在各地坚持战斗。连长冯增敏被捕入狱后，在敌人严刑拷打面前坚贞不屈，出狱后她找到党组织，继续英勇战斗，直至琼崖解放。

中国工农红军第二独立师女子军特务连的战斗历程虽然只有一年多时间，但这支在中国共产党领导下，组织完整、纪律严明、斗争英勇的妇女武装组织却是举世无双的，为唤起琼崖妇女和人民的觉醒，为琼崖革命斗争，立下了不朽的功勋！

血战五房山[*]

彭 沃

1932 年春，敌人对东江大南山苏区发起了大规模的军事"围剿"，大南山军民进入艰难困苦的反"围剿"斗争阶段。这期间，我调到红二团当医官，团部只有我一个医官加上一个看护兵，药物是从医院领来的，救治工作就靠我们俩。团长是古宜权，我们经常在他身边工作。

古宜权很勇敢，指挥作战很有办法，且往往身先士卒，获得战士的好评。我到团部不久，群众给我们送来情报：国民党部队要通过茅栅村。得到情报后，古宜权带一个班到茅栅村旁打伏击。敌人每次出动，前面有一个尖兵班搜索前进，大部队才随后跟进。我们兵力不足，准备只伏击他们的前卫尖兵班。古团长选好茅栅村前的山坑，这条坑有 20 多米宽，坑水不深，但坑底的鹅卵石很滑，敌兵在坑中涉水行

＊ 本文节选自《东江斗争后期的峥嵘岁月》，收录时做了适当修改。

动不快，我们就在这里打他们。早上 8 点左右，敌人的尖兵班果然到了。我们的战士埋伏在坑旁的茅草堆中，我和古宜权隐蔽在附近一个小山坡上。当前面三个敌兵已涉水过来上了岸，其他的还在坑内时，我们一齐开火，上岸的三个敌人应声倒地，在坑中的敌人也死的死、伤的伤。当我们缴了几支枪立即转移时，敌人还摸不着头脑。

1932 年 4 月间，国民党张瑞贵师以独立团陈东中一个团的兵力进犯大南山西部的锡云路，企图攻打我彭杨军校。敌除留一个营做预备队外，其余两个营于云落、流沙分两路向我进攻，流沙一路经石头坪向锡坑村进犯，扑向牛牯尖。我区联队和锡坑赤卫队先与他们交火，接着彭杨军校的学生也和他们打起来了。这时我们在望天石山顶上，古宜权团长从望远镜中发现向牛牯尖冒进的敌人之后，遂率领团部和特务连的战士从望天石经梅仔坜方向直抄敌人后路。我军从几个方向出击，冲锋号从几个方向响起来，军号声、喊杀声震撼山岳，敌人阵营大乱，丢掉迫击炮和机枪向锡坑方向溃逃。下午 4 点左右，敌人退到石头坪，其增援部队赶来了，我们才停止追击。是役，我军毙敌近 100 人，缴获迫击炮、机关枪、步枪、手榴弹和其他军用物资一大批，粉碎了敌人破坏大南山根据地的美梦。

敌人对大南山多路进攻、分兵"包剿"的计划不能实现，于是从 1932 年下半年以后对我们实行所谓"驻剿"。他们一面强迫大南山的居民迁到平原去，一面派兵进驻大南山附近的村庄，企图把我们困死。1933年春，我又被调到医院。这时医院搬到梅仔坜、白水际老贼营一带，敌人经常来侵犯烧杀，环境更加困难。医院既要保护和医治伤病员，又要对付敌人，于是我们把伤病员安置在老贼营的秘密山洞里，组成一个班轮流放哨，并想出了许多打击和消灭敌人的办法。

我们利用各种各样的铁罐装上炸药和碎玻璃、碎铁片，然后用一个小容器装上一点盐酸放在铁罐内封好。敌人来了看到铁罐以为是什么好吃的，见到就抢，只要他们一抢，盐酸泻在炸药上马上爆炸。

还有，当探知敌人要进村时，我们就在一些要隘路口埋下地雷。一次，为炸死敌人的尖兵班，我们在一处叫无水田的地方埋下三颗地雷，并用绳子把地雷连起来，当敌尖兵班进入地雷区内时，绳子一拉，三颗地雷一齐爆炸，顿时敌人血肉横飞。

敌军吃了地雷的苦头后，便想用猎犬当替死鬼，出动时让猎犬走在前面，但我们又想出了新办法，在埋地雷的坑洼上盖上木板，木板下面用树枝撑住，这样体重较轻的猎犬可以安然通过，而敌人一踩上则照样爆炸。我们用这样的办法摆开地雷阵，炸得敌人吓破了胆，不敢轻易上山追寻我们了。

敌人想断绝我们同群众的联系，困死我们，但由于我们在斗争中和群众建立了鱼水深情，群众想出各种办法支援我们。开头，敌人还允许群众上山砍柴割草，于是群众要在山上吃一餐就带上两餐的粮食，剩下的收集起来转给我们；有时他们在粪桶里、竹杠里藏着粮食、食盐等物资送上山来。后来，敌人连群众要上山砍柴割草也禁止，并规定晚上出来放田水要点灯。于是，群众通过地下交通或悄悄摸进山来和我们约定联络暗号，晚上我们派人下山，一看灯光的位置或听农民的对话就知道有没有敌人，没有敌人时我们就和他们接头，这时他们事先把代我们买好的粮食等物资转给我们。每逢过节，群众还借扫墓拜神之机，把猪肉等放在墓地或神庙，待我们伺机去取。通过这种办法，粮食和各种用品还是不断运上山来，由于有群众想一切办法接济我们，敌人想困死我们的阴谋破产了。

1934 年春，东江红军第二路军总指挥卢笃茂带领我们到小南山一带活动，这里基本上是个新区。一天，国民党邓龙光部队分几路来袭击包围我们，由于敌众我寡，我们的队伍被打散了。那时我跟连队指导员巫标在一起，一共四个人。敌人接近时，我们便钻进茅草和荆棘丛中隐蔽起来。好在敌人搜索了一阵后没发现我们，天一黑就回去了。

敌人走后，我们松了一口气，可荆棘撕破了我们的衣服，刺伤了我们的皮肉，我们的脸上手上都流了血。这一天夜里，我们就在山坑旁边休息。第二天敌人又来搜山，我们藏在山坑旁边的茅草丛中，任凭敌人满山吼叫都置之不理，敌人搜不到什么就只好撤走了。

后来，我们决定向岳潭方向摸索前进，因为岳潭曾是八乡山根据地之一，有较好的群众基础，巫标对这一带的情况也比较熟悉。这时我们已经三天没有吃饭了，大家饿得要命，只好喝生水，同时在坑沟里摸一些石螺，锤开壳就吃，摸到一些小虾也随手送进口里当美餐，再就是拔一些嫩的芒草茎等，只要能充饥的我们就吃。加上我们已有几天没吃到盐，全身无力，几乎走不动了。第五天晚上，我们摸到岳潭时，发现这里驻有国民党军队，一名战士因被敌人哨兵发现而牺牲了。

这时，巫标对我们说，五六公里外有个湖仔村，村后的山上有个茅寮，住着一位老伯，是我们的基本群众，于是我们决定到那里找老伯帮忙。天快亮时才找到这位老伯，他告诉我们，这里附近的村庄都驻了国民党兵，封锁得很严，不能久留。我们和老伯商量决定到附近的大山坑隐蔽，他给了我们一些米、油盐和咸菜，借给我们一把砍柴刀。我们给了他一些钱，请他帮我们买粮食、油盐等生活用品，约定每隔三四天就来取一次。就这样，我们在这个大山上度过了一个多月。

后来，老伯告诉我们，附近国民党兵撤走了，岳潭的也走了，于是我们决定下山先到岳潭找熟人。巫标带我们到了一位老乡家，住了一个晚上，第二天晚上出发，经童子洋上九龙嶂找西北游击队。经过几天跋涉，在丰顺县的童子洋找到了我们党的地下交通站，交通站的同志派人为我们带路，到了梅县九龙嶂，在离舍坑圩六七公里的山寮中找到西北游击队，受到他们的热情接待。在那里待了一段时间，他们舍不得让我们走，想留下我们在那里，和他们一起打游击。但我们惦念着原来的部队，急于回大南山，于是只在西北游击队那边住了一阵子之后就离开他们了。分别时，巫标留下一支驳壳枪给他们。

我们经过化装，在交通站的护送下，经过揭阳又回到樟树坪，见到了老战友。同志们见我们那么久没回去，以为我们都牺牲了，现在能活着相见，那高兴劲就别提了，都高兴得和我们紧紧拥抱，欢腾雀跃。

1935 年 7 月中旬，我们在揭阳县五房村打了土豪地主，没收了他们的财产，然后转一个圈，第二天清早上了五房山。五房村的土豪地主遭到我们打击后怀恨在心，于是注意我们的行踪，向国民党告密。就在我们上五房山的当天，国民党调了几个团的兵力，加上地方反动武装包围了我们。

7 月 15 日，天气异常酷热，吃过午饭之后，战士们有的在树下休息，有的在学文化，有的泡在清澈的泉水中洗澡、洗衣服，有的在理发，我则到各班去看一些伤病员的情况。下午 3 点多，哨兵发现正面出现敌人，于是向部队发出紧急信号，部队立即登山转移。这时后面山上有一股化装为割草农民的敌人已冲上山来，占领了我们哨兵所在的山头。我们已处在敌人的包围之中，情况非常危急。

总指挥张木葵发出命令："冲上山峰，占领高地！"随即他一马当先向高峰冲上去。敌人在机枪的掩护下也冲上来了，短兵相接，枪声、喊杀声震撼山岳。我们除了一个机步枪班外，其余都使用驳壳枪，战士们右手握着手枪，左手拿着一排子弹，口里含着一排子弹，不停地像点活靶一样打向冲上来的敌人，敌人一个个倒下去了。我们的机枪发挥了更大的威力，一排排子弹扫过去，敌人就倒下一大片。

突然机枪手中弹牺牲了，张木葵敏捷地把机枪接过来，站着向敌人猛扫，敌人又倒了一大片。突然，敌人的一颗子弹穿过他的右胸，他向后倒了下去，鲜血从伤口直冒出来。我一个箭步跳到他的身旁，把他半扶起来，准备替他包扎，他用力把我一推说："别管我，快突围！"话音一落又忽地站了起来，端起机枪继续猛扫，直到流尽最后一滴血！

激烈的战斗进行了两个多小时，敌人付出了惨重的代价，在我们的阵地上布满无数的尸体。我们也付出了巨大的牺牲，阵地上只剩下20多名战士了。眼看张木葵和战友们一个个壮烈牺牲，同志们的鲜血染红了山头，激起我们对敌人的无比痛恨。敌人又一次冲了上来。有个叫瑞祥的战士边战斗边环顾四周，对我们喊："跟我来，冲出去！"我们走到一个山坳一齐向敌人射击，敌人暂停了冲锋，我们赶紧向右侧突围。这时我摔了一跤，还有其他三个人跑得不快，已跟不上队伍了，朝同一个方向突围已不可能，于是我们朝另一个方向隐蔽。我们避过敌人耳目，滑下山崖，隐蔽在崖下的坑沟旁边，在这里我们喘息了一下，再把枪擦干净装好子弹，随时准备和敌人拼命。然而，敌人已集中全力朝另一个方向追赶过去了。

我们四个人在山崖下面隐蔽了约两个小时，突围的战友不知到了哪里，我们也不知该往何处去。陈胜利提出暂时到他家乡躲一躲，他是揭阳大良岗人，对这一带地形比较熟悉。他带我们走了一夜的田间小路到了大良岗，在桥头的一家小店叫门买了两个菠萝和两瓶牛奶充饥，然后到村后的蔗园隐蔽起来。天亮后农民下田，陈胜利见到熟人，悄悄地招呼他们过来讲明情况，请他们帮忙做饭。他们做了饭藏在尿桶里，挑到蔗园给我们吃。到晚上，我们才悄悄地到陈胜利家，藏在楼栅上。

那时我们四个人都负了伤，我的衣服被子弹打了十多个孔，幸好未受枪伤，只是摔伤了，其他三个人都是枪伤。又经过一夜的劳累，大家都走不动了，全身发痛，而且怕被敌人发现，大小便都下不了楼。第二天，我叫人到揭阳新圩买了些吊金散、双氧水、药膏和纱布、棉花，给他们洗伤口、敷药，在这里住了一个星期左右，伤口痊愈了。

不久，大坑交通站的站长陈八来看我们，他是海丰下埔人，有个侄儿在香港当消防警，他曾去过香港。他对我们说，因形势所迫，从五房山突围的其他战士已化装疏散了，国民党快"清乡"了，几个人在一起隐蔽很危险，国民党又实行连坐法，一旦被敌人发现还会连累老百姓。当时，大坑交通站也被破坏，陈八在那里也难于立足，于是我们决定分散隐蔽。陈胜利就隐蔽在家乡，另外两个家在普宁的战士回家乡隐蔽，我则由陈八带领到香港，希望在香港找到党组织。就这样，我们暂时告别了朝夕相处的革命热土。